ゴシックと身体

想像力と解放の英文学

小川公代
Kimiyo Ogawa

松柏社

目次

第8章　ヴァンパイア文学から #MeToo まで
〈バックラッシュ〉に抵抗する　175

〝ゴシック〟という戦術
序論にかえて

〝ゴシック〟の政治性

〝ゴシック〟はつねに政治的な機能を果たしてきた。ゴシック小説の夢や無意識の領域と想像力の働きが豊かに語られるようになったのは、吸血鬼物語においてだろう。たとえば、ヴァンパイア——とりわけ女性の吸血鬼——はたんなる虚構の怪物ではない。そこには、一九世紀の因習に抗おうとした新しい女性たちの政治的な意識が浮かび上がる。社会で制度化されたものの周縁における過去から召喚された装置を「戦術」(tactiques)として用いたものと考えることはできないだろうか。

フランスの思想家ミシェル・ド・セルトーは、ミシェル・フーコーによって提起されてきた近代人の抑圧の装置《メカニズム》を言語化しつつ、それをさらに発展させようとした。彼によれば、近代社会の抑圧の仕組みは、パノプティコン的な「一望監視的」あるいは「一神教にも似た特権」だけでなく、「あちこちに散在するさまざまな実践の「多神教」がいまなお生き続けている」ことで機能する（ド・セルトー 一四五―四六）。異端である神秘主義や畏怖の対象となる不気味なものにもその装置は内在しているだろう。ド・セルトーの議論を援用するなら、「その仄暗い地層からひとたび表に出てきた装置」（同、一四六）は、〝ゴシック〟と呼べるものに限りなく近い。

ド・セルトーは、この〝仄暗い地層〟から現れた装置を、イデオロギーとの両義的な関係を示す「ゾーン」として捉えている（同、一四七）。これは、「特殊な権力効果をおよぼし、みずからの固有のロジックの働きにしたがいつつ、秩序と知の諸制度にある根源的な転向をもたらしうるような、そうしたゾーン」である（同、一四七―四八）。彼はこうした転向をもたらしうる実践を「戦術」（同、一四八）と呼ぶのだ。近代西欧の合理性について考えていたド・セルトーはこの「よそ」からやってくるものについて次のように述べている。

「西欧の」合理性によって周縁に追いやられたあげく、姿を現して解明される空間を見いだすには、別の舞台がいるとでもいうかのように、よその土地は、われわれの文化がみずからのディスクールから排除してしまったものを、もういちどわれわれに返してくれる。いや、それどころか、よその土地というのは、ほかでもない、われわれが排除したもの、喪失してしまったもののことではないのか。（同、一四九）

ド・セルトーはわかりやすい例としてフロイトの「狡猾」な「戦術」を挙げている。フロイトの精神分析理論の戦術もまた、「よそ」からやってくる、あるいは、すでに喪失してしまった「夢や言い損いという変装」や「無意識のマント」をまとっているというのだ（同前）。

一八世紀にゴシックの一大ブームが巻き起こったが、これはまさに「無意識のマント」をまとって台頭した。『イギリス近代の中世主義』の著者マイケル・アレクサンダーによれば、「ゴシック」（Gothic）はかつて野蛮と不合理性という意味を帯びつつ、「中世の」（medieval）とほぼ同じ意味で使われていた。すなわち、近代の〝ゴシック〟は不合理性を象徴する中世的なものをまとって「よそ」からやってきた。しかし、この言葉の運用はやがて建築に限定されるようになり、一八世紀後半から一九世紀には、ゴシック建築の復興を目指した「ゴシック・リヴァイヴァル」という芸術運動が広がった。たとえば、ホレス・ウォルポール（一七一七―九七）によって建てられた中世ゴシック風のストロベリー・ヒルという邸宅こそ、ゴシック・リヴァイヴァル建築の先駆であろう。そして、芸術史家のケネス・クラークもいう通り、ゴシック文化の起源は文学によって説明されうる（アレクサンダー　二〇一二）。ゴシック様式で名高いこのストロベリー・ヒル・ハウスを手がけたウォルポールが一七六四年にゴシック小説の嚆矢ともいえる『オトラント城奇譚』を書いたことも、その一つの典型例といえる。

それでは、〝ゴシック〟はどのような点で「戦術」であるといえるのだろうか。ゴシック小説をたしなむような読者や研究者の間では、このジャンルは一般的に幻想や怪奇が生みだす恐怖として理解されている。一八世紀後半に成立するゴシックの文学においては、幽霊の出現などの怪奇現象は重要なモチーフであり、とりわけその代表格である『オトラント城奇譚』では、城主マンフレッドの長子が突然巨大な兜の下敷きになって命を落とすといった怪奇現象が特徴となっている。そしてその怪奇現象はかつて正統な後継者から位を奪ったマンフレッド一族への報いとして生じている。このような超自然の恐怖は、その後『イギリスの老男爵』（一七七七）を書いたクレアラ・リーヴ（一七二九―一八〇七）などに継承されていく。

諸々の超自然現象の出現形態をどう表現するかはさまざまで、「アパリション」（apparition）、「スペクター」（specter）、「ヴィジョン」（vision）、「ゴースト」（ghost）、「スピリッツ」（spirits）などといった言葉が例として挙げられるだろう。これらの言葉は、アン・ラドクリフ（一七六四―一八二三）やウォルター・スコット（一七七一―一八三二）のゴシック小説でも頻繁に用いられる。いずれの言葉も実体のない存在、あるいは超自然的な力をもつ不吉な存在という意味が共通しており、これが〝ゴシック〟における幻想と怪奇のおもな属性といえよう。もちろん、古い城、僧院、地下の回廊なども、超自然的恐怖を強めるものとして欠かせない舞台装置である。作家たちは、このような恐怖体験や超自然的な事象を純粋に語りたいという動機から〝ゴシック〟を芸術表現として選んだわけではないだろう。彼ら、彼女らはこのジャンルを、医科学的、思想的、あるいは政治的な言論の場として戦略的にもちいていたと考えられるのだ。

想像力と倫理の二本柱

〝ゴシック〟はたんなる怪奇物語ではない。それは、恐怖や畏怖の感情を喚起させる物語が作家たちの想像力を介してつくり出されてきたからだ。言い換えれば、想像する力をパフォーマティヴに示してきたのが〝ゴシック〟というジャンルなのだ。そのことは、ゴシック建築の研究に傾倒していた一九世紀の美術評論家ジョン・ラスキンの言葉にも表れているだろう。たとえば、彼は代表的なゴシック建築でもある大聖堂を「人間」の想像力の賜物であると考えた。「北の海と同じくらい激しく強情な想像力」は、「狼のごとき生命力に満ちており、（中略）おのれを暗く覆う雲と同じくらい変わりやすい産物をつくり」だすとラスキンは述べている（ラスキン 二六）。

このような変わりやすさというものは、有限の生命をもち、その時々で感情にも流される人間の〝生〟そのものである。ただ他方で、人間の想像力は現実に存在しない世界を創造することもでき、そして現実世界に変容をもたらすことができる。このような想像力の所産としての〝ゴシック〟を踏まえて小説を読み直せば、ブラム・ストーカーによる『吸血鬼ドラキュラ』やその霊感源ともなったシェリダン・レ・ファニュの中編小説「カーミラ」に描かれる夢や無意識の領域とも接続する女性吸血鬼たちの運命は、抑圧されながらもそれに抗おうとするヴァンパイアの物語としても読めるだろう。今でも女性の性的解放は否定的に捉えられがちであるが、一八、九世紀における道徳的規範は今よりはるかに厳しいものであった。

新しい女性たちがつねに怪物化される歴史というものは、社会的な規範や道徳的な因習に抵抗しようとする彼女らを悪魔化することで排除しようとする〈バックラッシュ〉によって説明できる。近代におけるおそらく最も有名な例としては、公的な発言をしたことで保守派たちに「アマゾネス」と揶揄された一八世紀のフェミニスト、メアリ・ウルストンクラフトが挙げられるだろう。今日的な #MeToo と共鳴する女性たちによる〝声上げ〟とも解釈されうるフェミニズム運動はこのように文学作品や映画のなかでなされてきた。第五章では、ウルストンクラフトの娘メアリ・シェリーが書いた『フランケンシュタイン』がフェミサイドを告発する小説として読めることを論じた。また、第八章では、ヴァンパイア小説の映画化『カーミラ――魔性の客人』(エミリー・ハリス監督)の分析を行なった。現代的な文脈から〝ゴシック〟の系譜を辿れば、これまで見えなかったものが見えてくる。

もうひとつ本書で疑問に付されなければならないのは、「幻想」、「超自然」、「過去」、「怪奇」などをテーマとするゴシック小説が、人間の理性に対する懐疑を表わすという前提である。たしかに、これらの概念は総じて近代の啓蒙思想と対立する価値観として用いられてきた。たとえばデヴェンドラ・ヴァーマは、一八世紀後半に起きたゴシック・ブームの到来を、啓蒙思想が掲げてきた「人間の理性」に対する懐疑、あるいは超自然的な存在（the numinous）への回帰であると説明している（Varma 二一〇―一一）。デイヴィッド・パンターも、「ウォルポールが、過去のものと超自然的なものの魅力の両方に接続する（ゴシックという）ジャンルをもたらし、さらに、その超自然的なもの自体が、我々に反旗を翻す過去の象徴になる」と論じている（Punter 五六）。[1]しかし、怪奇現象が起こる物語であれば、それを単純に「幻想的」「超自然」への回帰であると考えてよいのだろうか。

本書で扱う一八世紀以降のイギリスのゴシック作家たち――アン・ラドクリフ、メアリ・ウルストンクラフト、ウィリアム・ゴドウィン、メアリ・シェリー、ロバート・マチューリン、エミリー・ブロンテ、シェリダン・レ・ファニュら――にとって、「超自然」への回帰だけが主たるテーマではなかったはずである。すなわち、読者に向けて〝ゴシック〟という名のエンターテイメントを生みだす目的を果たすためにこのようなほの暗い物語を書いたのではなかったと筆者は考える。近代西欧の理性主義に逆行する価値――中世的なるもの、あるいは宗教的なるもの――の復活だけが動機ではなかっただろう。かといって、資本主義的な企み、たとえば、読者を怖がらせるような物語を生みだし、小説を「消費」させるという企みだけに駆り立てられたわけでもないだろう（もちろん、それは少なからずあっただろうが）。資本主義的な枠組みにおいて、「超自然」というテーマを扱うことは、作家にとって価値観を転覆させる戦術の一つである。

〝ゴシック〟という戦術

ゴシック作家たちの取り組みは、中世的なものへの回帰でもない、反対に、利益を追求するだけでもない、リベラルで、かつケアに満ちた倫理的な問題提起であったと考えることができる。たとえば、〝男らしさ〟や〝女らしさ〟などの男女二元論、あるいは女性が結婚制度に組み込まれることが「普通《ノーマル》」と考える因習的な社会であれば、そこから逸脱する性のあり方やふるまいへの社会的制裁は大きい。道徳を重んじる社会では、そのような規範の埒外にある関係性に侮蔑のまなざしが向けられるからだ。ゴシック小説はまさにこの「逸脱」をテーマに書かれていたのであり、主人公たちはその「逸脱」という戦術をとりながらも、自分独自の倫理を働かせ、生き延びる方法を見つけていくのである。〝ゴシック〟とは、因習や道徳に抗う方法論として〝想像力〟と〝倫理〟を効果的に運用する近代における新たな装置なのではないだろうか。

ド・セルトー的「戦術」を踏まえれば、〝ゴシック〟とは一八、九世紀の作家たちが言葉の戦術として近代人の無意識から回帰させたものである、と捉えられよう。というのも、近代社会が掲げてきた合理主義への挑戦がなされてきたのも典型的にこのジャンルであり、この媒体を通して、身体によって突き動かされる人間の非合理性、あるいは非理性の物語が語られてきたからだ。

長いあいだ社会という統一体の「肢体」であった身体は、徐々に固有の病気やバランスや逸脱やアノマリーをそなえた一個の全体として個々に区別されていった。（中略）その後この身体は、政治的秩序や天の秩序の模型――「ミクロコスモス」――とみなされ、そうした過渡期をへた後に、一社会の基本単位になった。（ド・セルトー 三三五―三三六）

国家身体を集合無意識の装置として機能させた言説が、時代とともに個人の身体の言説へと再編成されていくなか、その非合理性のストーリーはなお語り継がれてきた。たとえば、個人主義が確立していく西欧社会において、医学言説にどのような身体の「アノマリー」（異常）が取り込まれ、それがどのように語られるか、という語りである。熱力学や化学に準拠する一九世紀の科学モデルが登場するまで「一七世紀から一八世紀のあいだ、このような身体空間のなかで動く身体の物理学をうちたてようという夢が医学につきまとった」ったのだ（同、三三六）。

このような語りには、近代社会に蔓延《はびこ》る二元論への抵抗があったと考えられる。それは、あわいの領域への希求を如実に表しているのではないだろうか。たしかに、『オトランド城奇譚』を考えてみても、悪が成敗されるわかりやすい〝正義〟の物語として読むことも可能であるが、法規制や学問的な枠組み、そして社会的な規範が形成するような道徳が主軸になるゴシック小説はほとんどない。悪漢に命を狙われる、あるいは社会から排除される女性や召使いといった社会的弱者がそのような枠組みで力を発揮することはない。ゴシック小説では、戦略的に、男性に有利な法規制が批判的に描かれることもある。たとえば、家父長的な夫によって精神病院に閉じ込められる女性を描くウルストンクラフトの作品には、こうした社会を変えようとする戦術が効果的に用いられている。

このようなゴシック小説における最大の美点は、他者の苦しみに共感することが物語られることであるが、他方で、共感はときに危うさも孕んでおり、どんな場合でも肯定視されるとは限らない。拙共編著『感受性とジェンダー』でもすでに論じたが、このような価値観の揺らぎこそが〝ゴシック〟の醍醐味である。ゴシック小説を読む行為には、善と悪、理性と感情、頭と心、精神と物質という近代人が思考的癖として抱いてきた〈二項対立〉を乗り越えさせる語りが内在している。主人公たちが体験する恐怖、驚嘆、哀悼などの感情はつねに意思とは無関係に起こる身体運動、すなわち不随意運動と不可分である。ゴシック小説が一八世紀の医科学言説の語彙をしばしば用いるのは、理性的とされている「近代人」のアンチ・テーゼとしてよりも、複雑な人間像を描くことを視野に入れていたからだといえる。本書では、近代黎明期に活躍した作家たちがなぜ〝ゴシック〟という戦略に夢中になったかを解き明かすためにも、この時代に共感や想像力が再評価されつつあった文化背景や医科学言説にも注目したい。

第1章 ラドクリフ『ユドルフォの謎』

生気論と空想のエンパワメント

ゴシック小説がとくに中流階級女性の娯楽として読まれていたことを示す版画絵がある――ジェイムズ・ギルレイの『驚異の物語』(一八〇二)である。ゴシック小説に夢中になる女性が滑稽に描かれるギルレイのこの絵は有名で、ディテールも興味深い。蠟燭の明かりをたよりに怖い物語を読み聴かせる女性と、それに耳を傾ける女性たち。テーブルの上には登場人物の背徳性と残虐さで世間を騒がせたマシュー・グレゴリー・ルイスの『マンク』(一七九六)が置かれている。巨大な兜の出現や怪奇現象などで知られたホレス・ウォルポールの『オトラント城奇譚』(一七六四)はゴシック・ロマンスの嚆矢であるが、この小説の出版を皮切りに、クレアラ・リーヴの『イギリスの老男爵』(一七七七)、一七九〇年代にはウィリアム・ゴドウィンの『ケイレブ・ウィリアムズ』

図版１　『驚異の物語』
James Gillray, *Tales of Wonder!*
© 1802

（一七九四）、アン・ラドクリフの『ユドルフォの謎』（一七九四）や『イタリアの惨劇』（一七九七）などゴシック小説として分類される著書が次々と出版された。

この絵（⇩図版1）に象徴されるのは、「消費」される娯楽、退屈な日々の中で「刺激」を求め、「現実逃避」として非日常的なゴシック小説を読むのは女性読者であるということだ。その煽情的で類型的な描写は、産業革命、印刷技術発展の恩恵を受けて消費される大衆小説の典型ともなった。ジェイン・オースティンのゴシック・パロディ『ノーサンガー・アビー』（一八一七）にもこのような受容のされ方が滑稽に描かれている。ヒロイン、キャサリン・モーランドとの会話において、教養を備えるヘンリー・ティルニーはゴシック文学に対して少なからず嘲弄的である。さらに、小説の最後ではそれまでゴシック熱に浮かされていたキャサリンも、ラドクリフ作品に描かれる「悪行」や「恐怖」――少なくともイングランドの「法律と時代の風習において」――は非現実的なことだと認めるのである（*Northanger Abbey* 二〇五）。

しかし、一九世紀におけるゴシック小説の受容文化を考える際に見過ごされがちなのが、このジャンルを通して感受性を基盤とした道徳感情（**moral sentiments**）が脈々と受け継がれたという事実である。たとえば、メアリ・ウルストンクラフトによる未完のゴシック小説『女性の虐待あるいはマライア』（一七九八）は、女性の「庇護者」となるべき夫（ヴェナブルズ）が妻で主人公のマライアを迫害し、精神病院に監禁してしまう理不尽、不道徳を糾弾している（一九八）。悲惨な境遇に貶められながらも、多感なマライアは監禁場所で出会う看守ジェマイマの数々の苦難を知って心を動かされる。だが、ゴシック小説は一大ブームを巻き起こし、消費される娯楽として不動の地位を築いた。しかし、ここで考えたいのは、オースティンの『ノーサンガー・アビー』においてゴシック・ヒロインはたんなる「パロディ」として戯画化されているのか、ということである。ここではラドクリフやウルストンクラフトの作品においてそのゴシック・ヒロインたちが道徳感情を体現する存在として描かれている可能性を探りたい。

急速に保守化していく一九世紀初頭のイギリスで小説を書いていたオースティンにとって、ヒロインの想像力や空想癖は諸刃の剣であった。一方で、「ゴシック小説」の恐ろしいヴィジョンはキャサリンの空想がつくり出したものだったというヘンリー・ティルニーの鋭い指摘は、彼女をリアルな世界に立ち返らせ、オースティンが過度の感受性や空想癖に危惧を抱いていたことが示唆されている。しかし他方で、ともすると保守的と思われがちなこのエンディングは、多感や非現実に流される女性に批判的な保守派を牽制するオースティンの戦略とも考えられる。ここであらかじめ指摘しておかねばならないのは、彼女が感受性を基盤とする「想像力」(imagination)や「空想力」(fancy)を必ずしも否定していなかったということである。オースティンが姪のファニーに宛てた手紙には次のように書かれている。

貴方の人格のもっとも驚くべき点は、それほどの想像力、心の飛翔、自由奔放な空想力をもちながら、つねにすばらしい判断力で行動することです。(*Letters* 三四九)

オースティンは一見すると対立するかに見える「空想力」と「判断力」両方の資質を備える姪のファニーを誇らしいと考えている。この矛盾は一八世紀から継承された文学的、美学的、科学的言説の所産ともいえる。オースティンはラドクリフのゴシック小説を風刺しながらも、その中心的テーマである「感受性」「空想力」「想像力」を擁護するという難題に果敢に挑んでいるのだ。ゴシック・パロディという仮面でその反逆性を覆い隠したオースティンは、キャサリンにゴシック・ヒロイン特有の多感な性質を付与したり、亡霊や悪漢による殺人といった少なからず突飛なプロットを空想させたりしている。

これは、オースティンの「ゴシック」を書くという意識的な選択からもうかがえる。姉のカサンドラ・オースティンによれば、『ノーサンガー・アビー』の執筆時期はゴシック・ブーム真只中の「一七九八年から一七九九年にかけて」である。ただ、原稿が出版社にもち込まれた一八〇三年にはすでにそのブームは下火になっており、クロスビー社は出版には踏み切らなかった（**Tomalin** 三〇七）。その後、兄ヘンリー・オースティンの協力を得て一八一七年に日の目を見ることになるこの作品には、興味深いことに、オースティンのゴシック、反ゴシックの両義的な態度が見てとれる。

このオースティンの両義性を理解するためにも、『ユドルフォの謎』で称揚されるヒロインの空想力と道徳感情、それにまつわる一八世紀感受性言説の矛盾を明らかにしたい。一八世紀の情操論を受け継ぎながらも、一八世紀末から一九世紀初頭にかけては、情操と理性を巡る倫理観が大きく変容した。その背景には、生気や身体を源泉とする想像力として理解されるようになった「空想力」(fancy)の流行がある。当時の医科学言説「生気論」(Theory of vitality)の普及により、空想力もまた次第に文壇に浸透していった経緯がある。その生気論の立役者であるジョン・セルウォールが自身の小説『ペリパテティック』で倫理観の規範として空想力を表象していることもあわせて指摘したい。

「空想」の隠されたラディカル性

ラドクリフの『ユドルフォの謎』において、エミリー・サントベールの道徳感情はその豊かな感受性に根差しているが、これは、シャフツベリーやアダム・スミスの道徳情操論を前提とした人格描写となっており、情操をもち合わせていない登場人物クネル、モントーニ、マダム・モントーニ、ヴィルフォール伯爵夫人らは道徳観が皆無であるかのように描かれている。とりわけ悪漢モントーニは「神経も性質も鉄面皮《てつめんぴ》で、感じることができない」（*The Mysteries of Udolpho*、以下 *Udolpho* 三五八）とまで形容されるほどである。

ラドクリフのヒロインにとって空想力が必要なのは、奇態な現象や恐ろしい出来事を思い浮かべて怯えるためだけではない。『ユドルフォの謎』では、空想の詩学は道徳感情と結びつけられ、肯定的に表現される場合が多い。これは、ロマン派詩人のサミュエル・テイラー・コウルリッジが考えた空想力――刺激が眼や脳の神経に伝わってそこに刻印されるような身体機械論的な人間の認識作用――とはまったく異なっている。コウルリッジは多様な認識対象をそのまま認識する「空想力」と、それらを有機的に統一することのできる人間の「想像力」とを区別した。拡張的で散布的である前者よりも芸術的に統一する力のある後者のほうがより高次元であると考えたのだ。この区別は、哲学者で、観念連合論を唱えたデイヴィッド・ハートリーの機械的な身体イメージを抜けだし、人間（主に男性）の「想像力」に、より重要な価値を付与しようとしたコウルリッジの意図と無関係ではないだろう。このようなコウルリッジの認識論と比較して明らかなのは、『ユドルフォの謎』では、「想像力」と「空想力」の二項対立の住み分けが明確になされておらず、相互浸食する形で溶け合っていることである。「情操」と「理性」をはじめ、「超自然」と「自然」、「迷信」と「科学」、「崇高」と「美」といった本来対立するイメージについても同じことがいえる。

最近の研究では、ラドクリフの空想の詩学やその隠されたラディカル性が再評価されている。ジェイン・ステイブラーはラドクリフの『森のロマンス』に収録されている「空想のヴィジョン」という詩に注目しながら、彼女の創造性が、男性的自我によって統一されるコウルリッジ的想像力ではなく、空想のもつ「多様で」「変化に富んだ」描写によって特徴づけられることを指摘している。たとえば、「恐ろしい高くそびえる柱」や「憂いに沈み優雅な悲哀が低く頭を垂れている」様子や「甘い輝き」や「より快活なもの」が統一性のないままに描写されている。このように、ラドクリフは男性的な「崇高」と女性的な「美」の二元論を提唱したエドマンド・バークの美学をより複雑に表現した。たとえば彼女は「さまざまな色」「陰鬱な形」といった「空想」に特徴的な芸術効果を駆使している（Stabler 一九〇–九一）。ジェフリー・ロビンソンによれば、このような「空想」の訴求力は急進派のメアリ・ロビンソンに代表される一八世紀末の空想の詩人に特徴的であるという。また、空想が「多様性、過剰、予測不能性」である点において「破壊的、危険なまでに制御不能」でありながら、「規制されない超越的な精神」や創造性をも象徴することを強調している（Robinson

三–五、一一)。

コウルリッジが想像力と区別した空想力はメアリ・ロビンソンによって多用されているが、そこにはデイヴィッド・ハートリーの連合理論に見られる神経と身体の機械的な連関はほとんどない。彼女らが女性性と結びつけられる多様性や予測不能性を「理性」が欠落する性としてではなく、生気論に基づいた「生命力漲る性」(同、四四–四五)として肯定的に表現しようとしたことが批評家によって注目され始めた。ケアや関係性を重んじる女性作家・詩人たちは生命の営みに注目していたのである。メアリ・ロビンソンの作品において、デカルト的な理性より、「動物精気」(animal spirits)、「炎」(flames)、「火」(fires)、「照り輝き」(glow)といった物質的なエレメントが顕著なのは、空想のレトリックを用いた主体表象を意識していたからとも考えられる。このレトリックは「生命蘇生の原理、興奮、散布的、忘我的、変革的、擬人的、啓蒙的、活気ある」性質が特徴的で(Packham一一九)、どちらかというと有機的なイメージが強い生気論に基づいている。ジョン・セルウォールはこの時代の有名な「詩人/医師」で(Allard三)、かつ生気論者でもあったが、キャサリン・パッカムによると政治的に不安定な時期であった一七九〇年代、身体に「生命が吹き込まれ、自己進化する」という性質は保守派にとって危険な教義であると考えられていた(Packham一五八)。

この空想力の二律背反性は、保守派による女性作家に対する感受性批判とも深く関係している。リチャード・ポルウィールの『性を失った女性たち』は女性作家らの感受性を「不浄な欲望」(Polwhele 一〇)として揶揄する一方で、女性らしさ、品行の模範となる一部の女性作家を賞賛しており、実はラドクリフも後者に含まれている。しかし、『ユドルフォの謎』のエミリーの空想力は、潜在的に「規制されない超越的な精神」を表象し、その代償として「錯覚」や「燃え上がる」想像力を引き起こす可能性も秘めている(*Udolpho* 一〇三)。ポルウィールがラドクリフのこのようなラディカル性を見落としたのは——矛盾するようだが——空想力によって引き起こされるエミリーの象徴的な「弱さ」によるものかもしれない。たとえば、エミリーが「奇態な空想」に感じやすく、「精神が弱められる」こともある(同、一〇二)。また、悪漢モントーニが「激しく恐ろしい情念」をもつ人物として描かれる一方で、エミリーのそれは「静かに苦悶し、涙を流し、耐え」、決して「理性の防壁を押し倒してしまうほどの荒々しい情念」ではない(同、三二九)。

ラドクリフが空想の詩学を好むのは、コウルリッジ的な統合をめざす男性的自己表象を忌避してのことであろう。『ユドルフォの謎』にもステイブラーのいう「空想」の巧緻な表現が見られ、エミリーの空想力を表すのにも用いられている。

……この光景（ゴンドラの行列）の空想的な光彩と周りに建ち並ぶ宮殿の崇高さが詩人のヴィジョンとなって一体化したかのようであった。そして、エミリーの心の中に浮かんだそれらの空想的なイメージの数々は、行列が過ぎ去った後もなかなか消えなかった。（同、一七八）

このゴンドラの行列とともに「珊瑚色のあずまや、水晶のような洞窟」の空想が浮かび上がるエミリーのヴィジョンは、全体を見渡す統一された視点というより、彼女自身がその光景と「一体化・身体化する」（embodied）ような感覚である。

感受性や空想力に対して両義的な立場をとっていたウルストンクラフトが「理性」のレトリックに依拠しようとしたのは保守派を牽制するためであったと考えられる。ウルストンクラフト同様、急進派と目されていたメアリ・ロビンソンが「空想」の詩学を積極的に取り入れたのは興味深い。なぜなら急進派フェミニズムはこれまで「理性主義」（rationalism）によって定義づけられてきたからである。パッカムらによると、ロビンソンをはじめ急進思想に傾倒した多くの知識人は、「霊」

を物質化して捉えるような擬似科学的アプローチを採用した（これはウルストンクラフトの『女性の権利の擁護』にも見られる）。一七九〇年代のジェンダー・ポリティクスの地勢は、実は、理性と情操に加えて、空想という鍵概念が複雑に絡まりあって構成されていたことになる。

一八世紀的文脈において空想の評価が低いのには、内発的な生の働きとそれと関連づけられる身体的、受動的な性質が大きく関わっている。身体と女性が関連づけられ、それがしばしば不道徳的な意味を帯びた。このより物質的なヴァイタリズム（生気）のイメージは、理性や精神といった非物質的なエイジェンシーと比較すると、よりダイナミックで複雑な主体イメージを形成することに寄与し、それがラドクリフやウルストンクラフトがゴシック小説で創造性や道徳感情を表現する戦術に繋がったのではないか。

「受動的」刺激から「能動的」刺激へ

ギルレイの版画絵に描かれた女性たちが体現するのは、空想世界への渇望ともいえる。しかし、彼女らが求めているものは『ノーサンガー・アビー』で最初にキャサリンが求めていた——あるいはヘンリー・ティルニーが戯画化する——恐怖の感情という「刺激」であって、具体的には「勝手にずり落ちる額縁やタペストリー」などである。それらは、主体を大きく変容させるような「刺激」ではない。ヘンリーが面白がってキャサリンにいう。「その建物［ノーサンガー・アビー］が繰りだすあらゆる恐怖に遭遇する心の準備はできているかい？」（一六一）。ここで指摘しておきたいのは、ギルレイが描いた女性読者は空想世界が提供する刺激を受動的に消費するだけかもしれないが、キャサリンはそれを能動的に体験するということである。

主人公の能動性という点において、『ノーサンガー・アビー』はセルウォールの『ペレパテティック』と酷似しており、ここではその新しさを意識したい。「君は丈夫な神経のもち主かい？」（*Northanger Abbey* 一六二）というヘンリーの質問の言外には、ジェンダーの偏見がある。キャサリンは女性だが、それでも強い刺激に耐えうる「神経」を備えているか、という医学的、生理学的文脈における問いかけがなされている。オースティンは、男性登場人物が経験するような「刺激」に耐えうるヒロインを描くのだ。キャサリンもシルヴァヌスも、読書体験を超えて、実際の刺激を求めて冒険に出るのである。

シルヴァヌスは、初めて雷が落ちる状況に遭遇するなど、偶発的に起こるさまざまな出来事や刺激に、身体の「神経」（nerves）が「驚くべき感応性」でもって反応することに注目しており、これは同作者による医学論文「動物精気の定義に向けて」（一七九三）で展開される生気論の具体例にもなっている。この論文でセルウォールは、身体の有機的組織部分が互いに調和を保ちながら機能し、体内の「電気流体」（electrical fluid）が刺激をあたえ続けるさまを詳細に説明している（*The Peripatetic* 一一五、一一七）。

キャサリンについてもシルヴァヌスについても、直接の体験が神経器官に「刺激」をあたえるという点において、生命体がもつ能動性、躍動感が強調されている。ヤスミン・ソロモネスキューは、感受性のひとつの機能でもある共感が「必ずしも受動的ではなく、能動的な美徳であること」を示し、そのプロセスは『ペリパテティック』のひとつの主題でもあると述べている（同、三九）。重要なのは、シルヴァヌスも「空想」の詩学に依拠していることだ。「快楽と苦痛の支配者よ　／　それは理性、知識、感覚の変化に富んだ動きだけでなく　／　空想の連なり――幻想的で、威厳があり、陽気でもある」。ここで語り手が称えているのは、心臓と肺と脳の間に「瞬時に起こる驚くべき感応性」である（同、一四八）。

ただし、女性作家たちは理性を介さない「生気論」の言説を手放しで歓迎することはできなかった。

たとえばウルストンクラフトは『女性の権利の擁護』で「深い思考が熟した結果」でもある理性や判断力は脳がさまざまに生じさせる「空想」の現象よりも重要であると主張している（*Vindication* 一七四）。しかしながら、彼女は未完のゴシック小説『女性の虐待あるいはマライア』を執筆するにあたり、マライアやジェマイマが経験する恐怖を臨場感たっぷりに描こうとする。政治パンフレットで公然と「生気論」を論じる代わりに小説で女性の躍動する生を描く戦術を選ぶのである。それはウルストンクラフトが『女性の権利』でも奨励していた経験主義――「偶発的な状況」や「発達とともに成熟する」（grow with [their] growth）感覚器官の発達――の観点から考える成長とも共鳴する（同、一八六）。また、『女性の権利』にも空想論の萌芽のようなものが確認できる。理性主義を掲げていた彼女も、空想を「詩的に見て感じる」力として肯定しつつ、女性を家庭の外へ出てゆく冒険に駆りたてるために必要な「空想の豊富さ」について論じている（同、一七六）。

ラドクリフのゴシックが[1]「説明のつく」ものとして理解されてきたのはなぜだろうか。それは怪奇現象が脳が生み出す空想の所産（内的存在）として表象されることが多いからである。「詩における超自然について」というラドクリフのエッセイでは、人間が怪奇現象として認識するものは「超自然」というより、むしろ生理学的な空想の働きとして「説明」されている。ラドクリフの代弁者でもあるW氏は想像力を「何かすばらしく高貴で、定義するにはあまりに微細なもの」として言及しており、その「瞬時の知覚」は完全に非物質化することはなく、「呼吸器官、思考、哲学的探究」の連動的な動きとして捉えられている（"On the Supernatural in Poetry" 一四九）。この点で重要なのは、ラドクリフが、コウルリッジが区別して考えていた「想像力」と「空想力」を同じ土俵で論じていることだ。W氏は、畏怖の念を感じさせるハムレットの「亡霊」を引き合いに出しながら、その実、人間の空想力を称えている。テリー・キャッスルは「一八世紀の超自然に対する深い関心は、自分たちの「生理学的に」機能する想像力そのものへの興味を超えており、逆説的にそれ「想像すること」が幽霊を見ることと同じような行為である」と述べ（同、一四二―四三）、一八世紀を超自然への回帰ではなく、心理学的な想像力の勃興によって特徴づけている。女性（もしくはラドクリフ）ではなくW氏という男性に語らせているのも、ポルウィールら保守派による批判を予想してのことと考えられる。こうして見てみても、不道徳や放縦さを連想させてしまう空想は、女性作家にとっては扱いにくい言説であった。

ヒロインの天賦と生気論

小説のヒロインに過分に感受性と空想力があたえられるのは一八世紀に広まった天才論とも無関係ではない。エミリー・サントベールとウルストンクラフトの『メアリ』のヒロインはある程度の理性は備えているが、天才の資質でもある「感知しやすさ」がきわだつ。両者とも「理解力」（*Udolpho* 一二）と「思考力」（*Mary* 六）が「愚行や悪徳の影響から守ってくれる手段」であると認識しつつも、感受性の豊かさではひけをとらない。メアリは「衝動に流される生き物で、同情の奴隷」であり、理解力は「感受性によって曇らない」ときだけ「はっきりしている」（同、一二）。ただし、「粗悪な感覚によって動かされる堕落した好色家」の感受性は排除しており、唯一認められるのは「人間の魂が感知しやすい鋭敏な感情」であるとしている（同、五九、六〇）。

天才論について書いた一八世紀の著述家ウィリアム・ダフは「空想」と生気論を肯定的に結びつけた先駆者的存在ともいえる。おそらくダフに影響を受けたウルストンクラフトやラドクリフも、空想や感受性に対して両義的な態度を示しながらも、自然の景色の美に対する「感知しやすさ」を美徳と創造性を備える天才の試金石として見なしていた。ある意味、コウルリッジはダフほど空想を評価しなかったが、ダフにとってその感知力という性質は「生気のようなもの」(Duff 一二五)であった。ダフもコウルリッジ同様、詩的能力(想像力、判断力、趣味)と比較して空想を二次的なものと捉えてはいるが、「空想」と「想像力」という概念を(無意識に)交換可能なものとして用いている。「空想は……自然の美を識別することができる」といい、本来想像力にあたえられる「識別」の能力を空想にあたえている。また、「想像力は(心地のよい対象を)さまざまな美しい色で捉える」(同、六七)という表現にいたっては、色彩に富むという空想の特徴を想像力に付与している。ダフが「超自然的な」登場人物――たとえば、魔女や亡霊――を知覚できる能力を稀な天賦として例に挙げているのも理解できる(同、一三八―三九)。

ラドクリフがエミリーの感知力を誇張するのも、ダフの天才論をなぞっている節がある。人間が幽霊の存在を信じようとするのは、想像力が「奇跡と驚きによってその能力を広げようとする」からであるというヴィルフォール伯爵らの議論に、エミリーも(幽霊を感知するほどの想像力を備えており)ひそかに同意するのである(*Udolpho* 五四九)。彼女は並々ならぬ感受性のもち主として描かれ、それはダフの「想像力の熱狂」(Duff 一七一―七二)と軌を一にしている。この豊かな空想力を広げることによって超自然現象を感知する幾分身体的でヴァイタルな能力をラドクリフは好意的に描く。森を歩きながら、エミリーは「熱狂的に」いう。

ああ、お父様……私がしばしば感じること、しかも自分自身以外の誰も感じたことがないと思い込んでいたことをなんと的確に描写されるのでしょう。でも、お聴きになって。木の先端を通り風がこちらにやってくる——でも、もう止んだわ——その後に続く静けさの重々しいこと！　また風が膨らむようだわ。超自然の何かが声を発しているかのよう——夜に森を見守る精霊の声のよう。ああ！　向こうの光は何かしら。（同、一五―一六）

エミリーは森の中で「超自然の何かが声を発しているかのよう」な風の音を耳で捉え、その後ツチボタルの光に目を留める。父親サントベールは、「ツチボタル」の放つ光は自然に属しながらも、超自然の妖精とも交流できると語り、その空想力を印象づける（一五―一六）。ツチボタルは物質の領域に存在する生き物だが、「光」は超自然の領域にも属するからである。

また、ラドクリフがしばしば言及するのはエミリーが森の精霊の声として感知する「風」や「そよ風」である。この膨張する風は、エミリーの空想力のメタファーになっている。たとえば、彼女の詩的ヴィジョンが突然身体化される（ゴンドラの行列場面の）直前に、「（彼女の）空想は聖なる聖歌隊が天に駆け昇っていくのを見た。それからまた再びそよ風とともに膨れ上がり、震え、そしてまた静けさがもどった」とある（同、一七五）。ここでは、ロマン主義のエオリアン・ハープとも共通する「そよ風」や「西風」が生命の息吹の象徴となっている。『ペレパテティック』にはまさにその到来を暗示する生気が「新鮮な西風」にたとえられている。彼が「情念」あるいは「この崇高な力」と呼ぶものが人間にあたえられているのは、その身体の臓器や部位を動かすためである。それは「人間の目には見えない」が、「やわらかい肺」や体内の「経路を通って膨れ上が」り、「新鮮な西風を無数の細胞（cells）」に送り届ける（*The Peripatetic* 一四七）。

これこそが、生気論に基づいた想像力の働きであり、それがラドクリフのゴシック・ヒロインのレトリックにも浸透している。鋭い感受性を備えたエミリーは外的世界からの影響を受けやすく、ユドルフォ城ではその脅威をさまざまな形で感じ取る。亡霊や腐敗した死体は彼女の想像力が刺激された結果生々しく知覚されたものである。また、悪漢モントーニは叔母とエミリーを事実上幽閉し、ありとあらゆることに関して「権威の簒奪者」として「脅威《テラー》」の存在となる（*Udolpho* 二四〇）。

エミリーは幽閉中にモラーノ伯爵にいい寄られ逃亡を勧められるのだが、それを察したモントーニはエミリーに「美徳」を実践するよう促す。小説の中ではおそらく唯一エミリーが反抗的な態度をあらわにする場面である。モントーニの「非難」に対して、彼女の「心は膨れ上がり」（her heart swelled）、誇りに満ちた沈黙で応える。モントーニも、自分の当て擦りを「跳ね返す」（repelled）エミリーのエネルギーに少なからず驚いている（二七〇–七一）。このように、エミリーの道徳性は、冷静な理性ではなく、より身体的な感応力によって表現されている。

生気論を意識したセルウォールの『ペレパテティック』にも、身体的な道徳感受性が典型的に描かれた場面がある。ソロモネスキューが「身体化された共感」と呼ぶ道徳的感情は「物乞い」と「乾草を作る人」というそれぞれの章で示されている。「物乞い」の章では、いかにも慈善が行われるような舞台が用意されているが、実際シルヴァヌスが出会う「プロの」物乞いは、無礼な上に執拗で、松葉杖で脅すほど攻撃的である。「乾草を作る人」の章で、シルヴァヌスは別の物乞いに遭遇する。直前に出会った物乞いのことが頭をかすめ、いったんは一ペニーあたえることをも拒絶するが、その人物の謙虚さ、困窮の深刻さを瞬時に感知するやいなや、「踵を返し、そして私の心の情感に感応した手が、理性の冷たい認可を待つまでもなく、すぐに、そして本能的に私のポケットの中に入っていった」（*The Peripatetic* 八七）。その結果、シルヴァヌスは物乞いに施しをあたえるのである。

思慮深く内省的な思考ではなく、本能的な「手」が慈善を行おうとするシルヴァヌスの身体的共感は、エミリーがモントーニによる叔母の幽閉がいい渡されたとき顕著に表れる。叔母であるマダム・モントーニがそれまでに行なってきた数々の利己的な行為、エミリーに対する冷たい態度は彼女の記憶に新しい（ヴァランクールから引き離されるというつらい過去も叔母の思いやりに欠ける決断によるものであった）。しかし、叔母が「東の小塔」に移されると聞くやいなや、「彼［モントーニ］の足元に突っ伏し、恐怖で涙しながらも、叔母のために懇願した」（*Udolpho* 三〇五）。理性や打算で考えさせる時間をあたえないエミリーの身体的な共感は、苦しむ者への人間的な感情として肯定的に描かれている。

空想の力

空想と想像力の矛盾はジェンダー表象とも深く関わっており、美学的な範疇のみで捉えることはできない。「空想」という言葉は、自発的な（身体的で、ときに不道徳な）情念と結びつけられたが、生気のような生命源として見なされる場合は、人間が生来的に備える善意とも解釈された。メアリ・ロビンソン、セルウォールといった一八世紀の作家たちは、生気論によって説明されうる空想力を道徳感情の糧であると考えた。理性論者であったウルストンクラフトでさえ空想力——あるいは身体的な感応力——の両義性を熟知していた。ラドクリフのゴシック小説には、ヒロインに冒険心をあたえ、道徳的にも成長させるヴァイタリズムが力強く描かれている。

もちろん、オースティンの『ノーサンガー・アビー』はパロディ的要素は強いが、エミリーの空想力を踏襲したキャサリンがゴシック伝統に基づく道徳的所見を述べている。ヘンリーの父ティルニー将軍による妻の幽閉という「大胆な推測」(二八五)である。ヘンリーに「モーランドさん、なんという[恐ろしい]考えを思い巡らせていたのですか」(*Northanger Abbey* 二〇三)とたしなめられるが、キャサリンの空想力はティルニー将軍の悪意に満ちた意図を察知していた。その「妄想」(**delusion**)とも呼ばれるヒロインの空想力は自然発生的に形成する「ヴォランタリーな」(**voluntary**)ものとして描写されている(二〇五)。つまり、遺産目当てに息子の結婚相手としてキャサリンに近づいた彼の欲深で利己的な性質を悟ったのは、彼女の理性ではなく感知力であった。

一八世紀において感受性や空想は、ときに「破壊的、危険なまでに制御不能」といった否定的な心の作用を意味する概念であったが、そのような荒々しい想像力は他者の苦しみや悪意を感知することをも可能にし、善意を生む力すらあると考えられた。幽霊の出現を期待してラドクリフの作品を読む読者にとって、彼女の超自然の合理的な説明や、結局幽霊は存在しないという結末はがっかりするものかもしれない。しかしラドクリフは、ダフやセルウォールに見られる天才の感応力や経験主義をヒロインに投影させながら、空想する力を人間的道徳感情として再評価している。オースティンのヒロインが『ユドルフォの謎』に求めたのは恐怖による「刺激」だけではない。「我々を善、憐れみ、友情へと導く最も善なる、純粋なる感情を目覚めさせてくれる」(*Udolpho* 四六) 空想の詩学を継承したのである。

第2章 ラドクリフ『イタリアの惨劇』

人権侵害に抗する

ラドクリフの『イタリアの惨劇』では、幽霊の仕業としか思えない不可思議な事件が、主人公エレーナ・ディ・ロザルバやその恋人ヴィンチェンティオ・ディ・ヴィヴァルディに何度もふりかかる。しかしながら、このほとんどすべてが『ユドルフォの謎』同様、「説明のつく超自然」（the explained supernatural）であり、物理的原因が存在している。ラドクリフの合理主義はすでに周知の事実であるが、それでは、彼女の作品には、「超自然」への回帰や幻想的な要素はないと断言できるのか。

ラドクリフの作品の幻想的な要素について考える上で、保守派の雑誌『反ジャコバン評論』（一八〇一）に掲載された『イタリアの惨劇』の書評は示唆に富んでいる。この評者は、ラドクリフの「有徳者」としてのイメージ（the virtuous characters of Mrs. R...）を称える一方で、彼女の過度の想像力（imagination）を痛烈に批判している。この小説が「……想像力の産物を軽蔑、あるいは軽視する者たちの注意を喚起」していると指摘するのは、雑誌の政治的性質上、間接的に急進派思想やロマン主義をも揶揄してのことでもあるのだろう。また、それらが「誇張され」て描かれていると述べ、とりわけ肉体をもつ僧が「滑るように移動し、空気に掻き消えてしまう」幽霊（apparitions）の正体であることに、評者はひどく嫌悪感を示している[1]（*The Anti-Jacobin Review* 五〇一）。ここで強調しておきたいのは、たとえ超自然現象に合理的説明があたえられていても、「依然として何か超自然的なものは残る」、と述べられていることである（同、五〇〇）。

この「残余」から象徴的な意味を読み込むことが許されるならば、これこそがロジェ・カイヨワが定義する「幻想的なもの」（fantastique）であり、おそらくは、この評者が理性では捉えられない余剰と感じた部分ではないか。右に示したような宗教的神秘は、それ自体で幻想的なものの侵入を惹起するにいたらない。カイヨワによれば、現実世界に何かしら異質で反逆的な要素が接木《つぎき》され、それが変質するような事態が生じて初めて、「裂け目というかずれというか、矛盾のごときものが口を開くのであり、幻想という名の毒は、普通、こうした裂け目を通って滲み込んでくる[2]」。つまり、

図版２　ヒエロニムス・ボスの『カナの婚姻』
Hieronymus Bosch, *The Marriage Feast at Cana*
After 1550

この絵は一見「幻想性」とはかけ離れている。しかし、日常的な光景を描いているにもかかわらず、そこには空飛ぶ絨毯のような舞台、テーブルの上の異様なまでの淋しさ、白鳥と猪の首を見た男の驚きの表情などがうかがえ、カイヨワはその「幻想性」を指摘している。

不思議な事象が「幻想」として認識されるためには、「理性にとって、到底容認しがたい言語道断の事象」として映る必要があるということである（カイヨワ 二八）。いい換えれば、異常と不思議が詰め込まれた作品が「幻想的」であるとは限らず、反対に、超自然的事象が物理的に説明されるラドクリフ作品の場合においても、破壊性を孕む「幻想性」を見いだすことが可能であるといえる。(3)カイヨワはこれを「怪異感」とも呼んでいる（同、二五）。これはジェロルド・E・ホーグルのいう、ゴシックの存在意義と矛盾しない。彼によると、自分たちが引き離そうとする「異常なもの」は「深部まで、そして広範囲にわたって自己を構成する部分を成して」おり、その異常性が、ゴシックに表出されている（一二）。

ラドクリフの『イタリアの惨劇』の当時の読者が「怪異感」にとらわれたであろう異常なもの、あるいは幻想性がなんであったのか。そのような性質がなぜ超自然に表出される必要があったのか。この小説における「超自然」と「現実」の境界線上にある心理的な余剰について考察していきたい。

フランス革命の余波とゴシック小説の変遷

ゴシック小説とフランス革命の関係性については、これまでさまざまな観点から論じられてきたが、領主などによる権力の乱用、退廃した封建制のメタファーとしての古城（＝牢獄）が、フランスの「圧政」の象徴バスティーユ監獄を彷彿とさせるという解釈は定番中の定番である（Paulson 五三四）。一七九四年までのゴシック小説の恐怖は、どちらかというと、このような封建的な社会へ引き戻されることに対する恐怖であって、「革命」あるいは新しい価値観といったものは、依然としてイギリスの名誉革命のような理想化されたイメージを保っていたといえる。例を挙げるとすると、シャーロット・スミスの『エミリーン』（一七八八）、ラドクリフの『アスリン城とダンベイン城』（一七八九）、『シチリアのロマンス』（一七九〇）、そしてイライザ・パーソンズの『ヴォルフェンバッハの城』（一七九三）など、枚挙に遑《いとま》がない。しかし、これらの作品で用いられる古城や封建制といった直接的なメタファーは、革命後急激に下火となる。

この問題をもう少し掘り下げるために、ゴシック小説とフランス革命の関係を見ておこう。もちろん、ゴシック小説の流行は革命以前から続いているが、ジャンルとしては革命時代とその直後（つまり一七九〇年代）に黄金期を迎えている。ラドクリフの一作目『アスリン城とダンベイン城』は中世の枠組み、神の摂理が特徴的であったが、二作目『シチリアのロマンス』以降の作品では、時代設定を啓蒙時代の黎明期、あるいは一八世紀に移している。『シチリアのロマンス』においては、政略結婚や家父長支配といったマッツィーニの封建的価値観は疑問に付され、愛情、選択、互いの尊重を重んじるヒロインは、当時の急進派思想や中産階級の感性を体現している。『シチリアのロマンス』で印象的な「科学の太陽によって偏見の雲が散り散りになって消えていく」という言葉は、明らかに啓蒙思想を意識している（break away には「因習から脱却する」という意味もある）（一一七）。『イタリアの惨劇』と比較すると、すでに勃発していたフランス革命の自由思想に基づくアンシャン・レジームの抑圧に対する批判がより顕著に表されているといえよう。

イギリスでは、一七九三年から九四年にわたるロベスピエールによる恐怖政治（Terreur）の時代に突入しても、「テラー」（terror）を基調とするゴシック小説は依然として人気があった。一七九四年は、ラドクリフの代表作『ユドルフォの謎』が出版された年でもある。しかし、フランスでの暴力行使を受けて、この小説を特徴づける「感傷」や「感受性」の受容のされ方は一変する。第一章でも論じたヒロイン、エミリー・サントベールの特徴は感受性が豊かであることだが、父に過剰であってはならないと教え込まれるのも、ラドクリフなりの保守派への牽制なのだろう。ただし、このように感受性を禁忌扱いする傾向はすべてのゴシック小説に見られたわけではない。

同じ年、複数の非国教徒、急進派たちが扇動罪で逮捕され、反逆裁判が起きたにもかかわらず、(逮捕されたホーン・トゥークの友人である)急進派ウィリアム・ゴドウィンはイギリス封建制度の腐敗を暴き立てるようなゴシック小説『ケイレブ・ウィリアムズ』を出版した。保守派と対立する作家にとって、ゴシック小説は名状しがたきものを表現する手段となる(Miles 五五)。この小説は、第四章でより詳しく論じるが、主人公ケイレブが、自分の主人である地主フォークランドの圧政、監視、策謀と闘い、法廷で正義を求め、最後にはフォークランドから友愛の心を引きだし、自白させるという話である。ここには、フランス革命のスローガン「平等、正義、友愛」が寓意されている。保守派にとって、過剰な感受性は革命の熱狂と同じような危険性を孕んでいたし、一七八〇年のゴードン暴動や、遡っては一七世紀のイギリス市民革命(内戦)といった暴力的なものが連想されたが、ゴドウィンはあえて主人公に感情を吐露させている。言葉では語ることのできないものでさえ、ゴシック小説の感受性によって表現されうるという一例である。

ラドクリフの『シチリアのロマンス』から読みとれる彼女の比較的リベラルな態度も、一七九四年に出版した旅行記では影を潜める。この旅行記の「フランスに関する会話」と題された項目からは、フランス革命に対する彼女の複雑な心境がうかがえる。ラドクリフは、旅の道中、ロベスピエールの追手から逃れたという男性と遭遇する。この人物と同じように、なんとか投獄を免れた人が多数いたことにも触れているが、ここには、恐怖政治が始まってからフランス革命に対する自身の評価を変えざるをえなかったことが見てとれる。(4)

ラドクリフの革命に対する、とりわけ暴力に対する慎重な態度を考慮すると、一七九七年に出版された『イタリアの惨劇』の舞台が、家父長支配が蔓延《はびこ》る古城ではなく、修道院という宗教施設となっていることは重要な意味をもつ。革命論争をめぐって「保守派」か「急進派」かという政治対立を寓意的に示すことがラドクリフにとってさほど重要ではなくなっていたからか、あるいは、「急進派」として批判されることを極力避けたかったからとも考えられる。それでもなお、自由思想に基づいて、修道院において人権が侵害される「監禁」の問題を扱うことを選んだのではないか。

よって、『イタリアの惨劇』における方向転換は、必ずしも当時の政治的情勢になびいたものであったとはいいきれない。たしかに、この小説は、主人公エレーナと感受性豊かなヴィヴァルディの恋愛物語を中心に展開するので、題材としては、一八世紀の感傷文学の典型ともいえ、ラドクリフの保守化の表れとも考えられる。しかし、プロットをよく観察してみると、二人の出会いをきっかけとして、実にさまざまな「超自然的」な事象が引き起こされる。二人の結婚を阻止しようとする黒幕ヴィヴァルディ侯爵夫人と悪漢スケドーニが背後でめぐらす奸計によって、怪しい人影が現れたり、信じがたい出来事が起きたりするので、実は恋愛のプロットが必要不可欠な要素にもなっているのだ。

小説の序盤で、ヴィヴァルディ侯爵夫人とスケドーニの差し金によって、エレーナが拉致され、強制的にサン・ステファノ修道院に収容されるのだが、ラドクリフは、ここが彼女にとっての牢獄となることを「囚われの身」（prisoner）という言葉で表している（一〇一、一〇五、以下作品からの引用の訳は筆者）。エレーナは修道院長との面会時に、修道女として誓願を立てるか、ヴィヴァルディ侯爵夫人が決めた相手と結婚するかの二者選択を迫られる。エレーナは、「修道院へ入るつもりはありませんし、もう一つの卑しい脅迫に屈するつもりもありません」（九九）と、修道院長の申し出を突っぱね、家父長制への抵抗を見せる。だが、修道院に入り込んだヴィヴァルディの助けを借りて脱出を試みるも失敗し、悪漢スケドーニの手下スパラトロに捕えられてしまう。

アンナ（アグネス）・マライア・ベネットの『ドゥ・ヴァルクール』（一八〇〇）やイザベラ・ケ

リーの『秘密』（一八〇五）などに先んじて、ラドクリフは修道院を舞台にしたゴシック小説を書いたが、これら複数の作家の作品によってその陰惨で抑圧的なイメージが定着したといえる。しかし、当時、修道院が一般的に牢獄のような場所と考えられていたかというと、必ずしもそうではない。キャサリン・ロジャーズによると、実際の修道院はゴシック小説に表象されるほど暗鬱でもなく、不満がつのる場所でもなかったという（Rogers 三一一）。フランス革命派の政府が修道女たちを対象として行なった調査によると、ほとんどが修道院生活に満足しているという結果であった（Rogers 三〇九）。

この興味深い調査結果の正否は別として、修道院生活が、結婚するという選択肢以外に、女性にあたえられた高潔に生きる道でもあったことを念頭に置いておく必要があろう。『スレイル夫人とジョンソン博士のフランス日記』（一七七五）で、ヘスター・リンチ・ピオッツィは、イギリスの修道女たちがイギリスの未婚の女性と同じくらい快適に、また、より安全に暮らしていると報告している（*The French Journal* 一二〇―一二三）。このことからも、ラドクリフが必要以上に厳格で抑圧的な場所として修道院を表象しようとしたことは明らかである。

虚構としての修道院・宗教裁判所

ラドクリフが描いた修道院を虚構の産物として捉えるならば、彼女が紡ぎだす幻想性も理解することができよう。ヒロインのエレーナの命が脅かされている間、その恋人ヴィヴァルディはスケドーニの策略で宗教裁判所に入れられ、何度も尋問を受けることとなる。この宗教的迫害と狂信や人間の内に潜む冷酷さという主題を踏襲するのは、ゴドウィンの『セントレオン』(一七九九)や第六章で扱うチャールズ・ロバート・マチューリンの『放浪者メルモス』(一八二〇)である。これらの作品でも、無実の人間が修道院や宗教裁判所に身柄を拘束されるが、主人公は錬金術師や、悪魔との契約を交わした超人的存在である。たとえば、メルモスは人間に禁じられた知識や不思議な能力と引き換えに魂を売るが、その運命を代わりに引き受けてくれる人間を探し、さまよっている。ゴドウィンやマチューリンの超自然は物理的に説明がつかないが、ラドクリフの超自然の正体は、特別な能力をもたない生身の人間である。しかし、彼女の描写の仕方に注目すると、異常性や幻想性といったものが、たしかに滲みだしてくる。

ラドクリフが描く〝幻想的〟なものは、まず、ヴィヴァルディの視点を通して伝えられる。宗教裁判所の異様な雰囲気、また、審問員たちの様子や形相が微細に描かれる。彼らの顔は「何人かを除いては、悪魔の性質が刻み込まれたようで」（*The Italian* 二二九）あり、拷問しながらも、苦痛を受ける人たちに対して、拷問の必要性と彼らの正義を説いている。それを目撃したヴィヴァルディはこう呟く。「これが人間の本性であってよいのか。このような人権からの恐ろしい逸脱というものが許されてよいのか。理性をあたえられている、そして他の生物よりもはるかに優れていると豪語する人間が……理性のない獰猛な野獣のような行為に及ぶとは」（同、二二九—二三〇）。ラドクリフは、ここで「恐ろしい逸脱」（horrible perversion）という言葉を用いて、審問員たちの異常性を表している。

『イタリアの惨劇』の同時代の読者が、おそらくカイヨワのいう怪異感に襲われるのは、メルモスのような超自然的存在が出現するときではない。ラドクリフが指し示す「超自然」が人間の異常性と結びつけられるときである。ヴィヴァルディが、音も立てずに「飛ぶように」歩く審問員たちの顔を凝視することができなかったのは、「彼らの目が死をもあたえる超自然的な力をもっているかのようだった」からだと説明している（同、二二九）。ここには、人間がホーグルのいう「異常なもの」から逃れようとしてもすでに「自己を構成する部分を成している」恐ろしさが表出されている。ヴィヴァルディが超自然、あるいは異常であると感じる感性や想像力は彼自身のものであるからだ。

ラドクリフは旅行記でも、宗教施設における厳しい規則や非道さについて言及している。もちろん、「旅行記」という体裁をとっている以上、彼女が見聞した事柄に基づいて書かれているのだが、『イタリアの惨劇』の着想ともなったであろう修道女たちの隔離生活の記述に及ぶと、現実世界と虚構世界の境界線が曖昧になる。

図版３　宗教裁判所の異様な情景
Inquisition Torture Chamber by Bernard Picard © 1716 from Louis-Ellies Dupries' *Mémoires historiques pour servir à l'histoire des Inquisitions.*

この共同体（修道院）の厳しい規則については、今朝話を聞いた。いったん修道女になる誓願を立ててしまうと、俗世界のみならず、大切な友人をも捨てなければならない。そして、自分たちの父親や母親の顔さえ見ることが許されないのだ。ただし、カーテン越しに会話をすることぐらいは時折許されるかもしれない。万が一、母親に対してまだもっている愛情のせいで、自分と母親を隔てるヴェールを上げる誘惑に駆られることがあっても、修道院長の立会いなしでは、母親と言葉を交わすことすらできないのだ。このような人間の理性では考えられないような恐ろしい逸脱についての報告は、血を震えさせ、歯をガタガタいわせる。（*A Journey Made in the Summer of 1794* 一〇九、強調は筆者）

「規則」、「大切な友人」、「カーテン越し」の会話など、ラドクリフは一見異常性とはかけ離れた世界を描いているように思える。しかし、この引用部分の終盤は、みずからの意志に反して監禁されるヒロインの視点から描かれているかのようである。修道女になると、自分の母親にすら会えなくなることが「異常」であることを、ラドクリフは、ヴィヴァルディが宗教裁判所で目にした異常さと同じ言葉（horrible perversion）で表現しているのだが、このことは注目に値する。

小説の最後でヴィヴァルディの従者パウロが高らかに祝福するのは、ヒロインたちの結婚だけではない。不当に投獄されていた二人が無事に解放され、その歓喜の渦のうちに幕を閉じるエンディングは、フランスの啓蒙思想家ドニ・ディドロの小説『修道女』（一七六〇、英訳一七九七）が掲げる「自由」と「解放」という主題と重なる。ディドロのヒロイン、スザンヌには（性的な関係を強要しようとする修道院長以外は）恋人と呼べる人物は登場せず、恋愛物語という外的装いをもつ

『イタリアの惨劇』とは対照的であるが、自由を手に入れたいというヒロインの欲求は双方共通している。

このように、ディドロの『修道女』との相似からも見てとれるように、啓蒙主義的な世俗化の傾向に沿ってゴシック小説で描かれる修道院は、プロテスタントのイギリスでも、カトリックのフランスでも、否定的なイメージを帯びていた（Rogers 三一三）。これは、恐怖政治によって言論の自由が制限されつつあった社会情勢を考えると当然のことのように思えるが、ラドクリフは修道院を、単に啓蒙思想の批判対象として描いているわけではない。彼女の創り出した虚構世界の裂け目にのぞかせる「異常性」を象徴してもいるのだ。

想像力と近代的自己

ラドクリフの作品中に、合理的に説明されてもなお余剰として残る幻想的なものがあるとすれば、それは亡霊の出現という状況によって喚起される人間の想像力である。彼女のゴシック小説が「説明のつく超自然」であるのは、超自然に対する無関心というより、むしろ想像力への拘泥であるといえる。ラドクリフのゴシック小説からは、ウォルポールやマチューリンの作品のような「説明のつかない超自然」への関心は見られない代わりに、人間の心理や想像力の働きへの深い関心が感じられる。『イタリアの惨劇』は、啓蒙主義者が唱えた「自然法」(natural law) と神の意志の矛盾を中心的なテーマとした作品であるだろう。自意識に目覚めた近代的自己と分かちがたく結びつくのは、超自然や神に対する恐怖ではなく、個人の過去の記憶が及ぼす想像力への作用である。つまり、幽霊が、外部の脅威としてではなく、内面化される良心や罪の自覚が生みだす幻影として再解釈されるのである。また、自由があたえられるはずの人間が他者によって拘束されることの異常性もまたゴシック小説が呈する啓蒙主義的問題意識である。

これを裏づけるラドクリフのエッセイ「詩における超自然について」がある。第一章でも触れたこのエッセイが超自然的な事象よりも、人間の思考や知覚力を主題としているからだ。W氏とS氏の間で交わされる対話が紹介されているのだが、まずW氏は、シェイクスピアの『ハムレット』に登場する夜警二人が亡霊について議論する場面に深い関心を寄せている。それを聞いたS氏が「そんなことに関心があるなんて、あなたはたいそう迷信深いのですね」とこたえる。(5) ここでラドクリフが介入し、S氏が霊的存在に関する重要な問題点を把握しちがえていると解説する。W氏が強調したいのは、夜警たちが亡霊についてあれこれ話すことが、それを聞いている観客の高揚感や期待感を高め、彼らの「想像力」に一定の効果があるということである。つまり、霊の存在の有無を問題にしているわけではない（二四八）。

W氏とS氏の対話は、『ユドルフォの謎』の後半に見られる啓蒙家ヴィルフォール伯爵の迷信批

図版４　18世紀の占星術師エベニーザー・シブリーが1806年に刊行した占星術書（*Astrology, A New and Complete Illustration of the Occult Sciences* by Ebenezer Sibly）の銅版画。シブリーは1792年にアバディーンで医学博士号を取得。神秘主義に傾倒していった。

判を思わせる。彼は、「霊（spirit）は、身体を離れた後に、地上に再来する」という迷信を信じる人たちの考えを変えることはできていないが、最後まで霊の存在に強く反対している（*Udolpho* 五四九）。このようにラドクリフは迷信に憑りつかれた人々から距離をとる一方で、幻覚の可能性を秘めた幽霊の「ヴィジョン」（vision）や、人間の想像力の神秘からは目をそらさない。

『イタリアの惨劇』でラドクリフが頻繁に超常現象を描写するのは、このヴィルフォール伯爵の啓蒙的視点を拡張させるための効果的な手段でもある。それは、突如として現れる僧の「ヴィジョン」（一七）、その僧が感じさせる「超人的な何か」（something superhuman）（*The Italian* 九二）、あるいは、滑るように移動する「スペクター」（spectres）（二六八―六九）などの出現とともに、それらを目撃する人間の精神状態が丹念に描きだされていることを見てもわかる。ヴィヴァルディが、恋するエレーナを一目見ようと従者ボナルモとともに彼女の住居（Villa Altieri）に向かおうとする。そのすぐ傍で怪しい僧に遭遇するのだが、ちょうどラドクリフのエッセイに登場するW氏とS氏のように、二人は謎の人物についてあれこれと議論するのだ。ボナルモは、その僧が飛ぶように駆け抜けていったのを目撃して、「人間とは思えない」と感想を述べる。超自然に疑義を抱くヴィヴァルディが彼に説明を求め、ボナルモは次のようにこたえている。

「なに、私だって迷信深くなることもあるさ。きっとこの暗さが伝染したのだろう。今では信じられない迷信なんてほとんどないような気がする。……それにあなたも当然認めるだろう」とボナルモが続けた。「やつの出現の仕方はちょっとおかしい。初めて会った時、あなたを名前で呼んだそうだが、一体どうやって知ったのだろう？　あなたがどこから来て、どこへ行こうとしているか、どうやって知ったのだろう？　どんな魔法を使って君の計画を知ったのだろう？」（同、二四）

つまりラドクリフは、人間が疑う力をもつことだけでなく、想像力によって幻影を生みだしてしまう可能性も示唆しているのだ。興味深いことに、この小説には、他にも迷信を信じる人間と信じない人間の対比が描かれている。修道院からの脱出を試みたエレーナを、スケドーニの手下スパラトロが拉致し、殺害しようとするのだが、彼は過去に犯した罪の意識から、つねに死者の幻影に怯えている。スパラトロはエレーナが眠っている間に剣で殺すようスケドーニに命令されるのだが、良心の呵責から幻覚に陥り、殺すことができない。

血に染まった手がいつも見えているんだ。海が荒れ、嵐が家を揺らすような夜にはしょっちゅう彼らがくる。私が彼らを切り刻んでおいた、そのまんまの状態で私のベッドの前に佇むんだ。（同、二六七）

そうこうしているうちに、今度は誰かがささやく声が聞こえ、亡霊の幻覚を見る。

スパラトロの目は恐怖で泳いでいた。彼は「何も見えないのか？」と指をさしながらいった。スケドーニはもう一度見たが、スパラトロが見据える先にある回廊の暗闇の中に何も発見することはできなかった。（同、二六八）

厳密にいうと、ここに亡霊と呼べるものは登場しない。ヴィヴァルディとボナルモが出会った「亡霊」は肉体をもつ人間であったが、ここでスパラトロが凝視する霊の正体は最後まで明かされることはない。スケドーニはスパラトロの幻覚や幻聴はたんなる恐怖による狂気（frenzy）、あるいは錯乱状態であるととがめる。それでもスパラトロは、「私にはまだ恐ろしい手が見える。今も見えている。ほら、またそこに見える……」（同、二六九）といって、恐怖におののく。

スケドーニが狂気についてたしなめるのはスパラトロだけではない。迷信深いヴィヴァルディ侯爵夫人もまた、同様の「狂気」（phrenzy [sic] of passions）（同、一九四）を見せる。彼女は、スケドーニからエレーナを殺害する計画についての詳しい説明を受けているうちに取り乱し始める。侯爵夫人とスケドーニは、アプリア地方のアドリアティックの海岸近くのとある一軒家にエレーナを連れて行く。彼女が監禁される部屋には隠し扉があり、それが海へと続いている。そこを抜けると、「暗闇が海岸を包み込むころ、すべては波に投げ込まれ、少しの血の滲みまで……」（同、二〇六）。スケドーニがここまで話すと、ヴィヴァルディ侯爵夫人の想像力は自然とエレーナの死へと誘われる。

ちょうどそのとき、偶然にも鎮魂歌《レクイエム》が聞こえてくる。彼女は、「（誰かの）魂が肉体を離れたところだわ」といい、静かに聴き入っていたが、次第に息が短くなり、息切れし、絶望の涙を流し始める。死者のレクイエムによって彼女の「迷信深い恐怖心」が呼び起こされたのだ。スケドーニも少なからず動揺していたが、聞こえてきた音楽によって、憐憫と恐怖の感情に支配されてしまうヴィヴァルディ侯爵夫人を、「弱い、軽蔑に値する人間である」と蔑む（同、二〇七）。

このように、『イタリアの惨劇』には、徳の高さで定評があったラドクリフとは不釣り合いな狂気（frenzy）が描かれている。幻覚や幻聴といった人間の異常な精神状態を描写することへと彼女を駆り立てたのは、想像力に対する彼女の貪欲ともいえる好奇心であったのだろう。良心や罪の意識が直接想像力に働きかける即時性こそラドクリフが描こうとした真実なのではないか。ロマン派的な文脈でいうと、人間は神による救済から自然の営み（身体や感受性も含む）へ信頼を移行したが、その代償として、もはや神による裁判や権威に依存できない個が、自分の想像力あるいは良心が生みだしてしまう異常性（幻覚や幻聴）を受け入れなければならない。(6) つまり、人間の本性が内に抱えるパラドックスが、ラドクリフが描く登場人物によって表現されているのだ。これこそが、カイヨワの「幻想的なもの」といえよう。ラドクリフが人間の想像力を描写するとき、そこには、ほとんど耐えがたい異常なものが立ち現れる。それは、想像力を通して現実世界に侵入してしまう狂気や幻覚なのである。

『イタリアの惨劇』で人間の想像力が分析対象となっているのは、ラドクリフが描く現実世界では霊の存在が排除されたとしても、人間が想像する世界には制限がないことを示そうとしたのだろう。彼女にとって、畏怖や恐怖《テラー》を表現することが、ときに統制不能な想像力を肯定することでもあったのだ。

ラドクリフが描く超自然

カイヨワによって「幻想的なもの」の構成要素として必要となるのが、確固とした現実感であろう。『イタリアの惨劇』の現実世界を構成するものは、超自然の合理的説明であるといえる。亡霊の出現には、実は人間であった、あるいは目撃者の幻覚であったなど、理性の見地から十分説明があたえられる。また、現実感を作品にあたえているもう一つの要素として挙げられるのが、ラドクリフのヒロイン像である。エレーナは、たとえば、ディドロが描くヒロインのスザンヌよりはるかに人間らしさを体現している。スザンヌは、彼女自身が「無垢である」ことを誇張するあまり、その「本当らしさ」を欠いている。みずから美徳を擁護することは、自己弁護や利己的関心が作用しているはずで、その「高潔」の価値が損なわれるというトレイシー・アダムズの論はうなずける（二六―二八）。

スザンヌがド・クロワマーに自分の高潔を狂信的に訴えるという体裁をとっている一方で、第三者によって描写されるエレーナは自分の高潔さを振りかざしたりしない。たとえば、エレーナが修道院に監禁されるとき、彼女自身、秘密裡にヴィヴァルディと結婚しようとしたことの罪を意識している。スザンヌと対照的なのは、少なくともエレーナには自分の行ないを顧みる謙虚さが見受けられる（*The Italian* 八二）。

ラドクリフは、超自然の存在を否定してはいるが、人間の異常性を超自然やその陰惨な雰囲気に絡めながら描写している。罪の意識に苛まれるスパラトゥロやヴィヴァルディ侯爵夫人の迷信深さもまた、その異常性の表れである。スパラトロが見た亡霊たちや、ヴィヴァルディ侯爵夫人が耳にするレクイエムは、彼らの理性では「到底容認しがたい」事象だということもできる。ラドクリフの作品の幻想性は、現実世界に突如として口を開くように表現されているのだ。

第3章 ゴシックにおけるヒロイン像
ウルストンクラフトのフェミニズム

ゴシック小説といえば、ウォルポールの『オトラント城奇譚』(一七六四)、ラドクリフの『ユドルフォの謎』(一七九四)や『イタリアの惨劇』(一七九七)、メアリ・シェリーの『フランケンシュタイン』(一八一八)、ロバート・マチューリンの『放浪者メルモス』(一八二〇)などが挙げられるが、これらのゴシック小説には幽霊が出没する古城、迷路のような回廊といった舞台装置、あるいは超自然現象といった仕掛けがつきものである。もう一つの重要な特徴として、悪漢の犠牲となる高潔なヒロインも忘れてはならない。『ユドルフォの謎』のエミリーや『イタリアの惨劇』のエレーナなどは監禁され、『フランケンシュタイン』のエリザベスは怪物に殺害される。

一八世紀末から一九世紀初頭までがゴシック小説の全盛期であるといえるが、ある時期、ゴシックの伝統にそぐわないゴシック・ヒロイン——つまり道徳規範に反してもみずからの欲望に従うヒロイン——が登場する。無力なヒロインではなく、迫害されながらも自力で逃亡する逞しいヒロインたちである。一七九四年にロベスピエールが失権してから保守派イデオロギーが根を下ろすまでの間、イギリスは政治的に不安定な時期を迎えるのだが、この頃に出版されたメアリ・ウルストンクラフトの『女性の虐待あるいはマライア』(一七九八)やシャーロット・デイカーの『ゾフローヤ』(一八〇六)などがその典型といえる。保守派(反ジャコバン派)の立場から書かれたチャールズ・ルーカスの『地獄のキホーテ』(一八〇一)にさえ、このような女性が登場する。たしかに、欲望などの人間の自発的な「感受性」(sensibility)は、フランス革命の暴徒やロベスピエールの恐怖政治によって「暴力」や「熱狂」という烙印をおされてしまった。しかし、こうした異端とも目されるゴシック小説は、個人の欲望は健全な、または生存に必要なものとして描かれていた。

ロバート・マイルズが提起するように、広義の「ゴシック小説」というジャンルがその時代の主体表象に関する言説空間となっていたとすれば(Miles 四–五)、これらの小説を分析することにより、理性、感情、道徳といった人間主体に関する思想の名状しがたい変化も捉えられよう。たとえば、『ユドルフォの謎』の受動的で、無垢なヒロインではなく、『女性の虐待』の積極的に性的自由を模索する自立したヒロインは、圧政、苦痛、虐待などを回避し、自由、快楽、自立を目指す自己保存の思想を形象化しているといえるだろう。このようなゴシックの底流にあるのはフェミニスト的な提言としての女性解放というテーマであることは確かだが、新しいヒロイン像の出現は社会の道徳基盤を大きく動かす思想とも共鳴していたのではないだろうか。ここでは、ヴォルニーが提唱した自己保存の思想があたえた影響も加味しながら、ウルストンクラフトの『女性の虐待』、ルーカスの『地獄のキホーテ』、デイカーの『ゾフローヤ』におけるヒロイン像を追っていきたい。

ヴォルニーの自己保存の思想

保守の反ジャコバン派からすれば、イルミナティといった秘密結社もイギリスの非国教徒（イングランド国教会に属さないプロテスタント）も、すべて危険因子と考えられていた。クリス・ボルディックが指摘するように、メアリ・シェリーが創造した怪物は、反ジャコバン派の目には、権力を象徴する政治体制ではなく、フランス革命の熱狂的な暴徒（mob）として映ったことであろう（Baldick 一九）。

『女性の虐待』、『地獄のキホーテ』、『ゾフローヤ』の三作品に特徴的なのは、保守派にとっての危険因子、つまり熱狂や過剰な感情が、「怪物」や「幽霊」ではなく女性の激しい欲望に重ねられていることである。それぞれ描写のされ方は異なっているが、みずからの欲望の充足を求める女性たちの苦難を「ゴシック」という舞台装置を用いて描いている。すでにアドリアナ・クラチウンは、一八世紀末にマリー・アントワネットが「ファム・ファタール」として表象されていたことに着目し、ウルストンクラフトやメアリ・ロビンソンなどの急進派女性作家たちが描く「官能性」と「理性」を兼ね備えた逞しい女性たちを肯定的に捉えなおそうとしている。

性の解放に関していえば、「自立」と「自己保存」(self-preservation)という考え方が反映されている。ルドミラ・ジョーダノーヴァは、「自己保存」の思想がヴォルネーの身体論に見られると述べている。

信仰心のあるものにとって…魂に動かされる身体は神の意志の媒介であり、神を称え、崇拝するための道具にすぎないという点が重要だが、それとは対照的に、ヴォルニーにとって身体とは、個々人が完全に支配下に置くことができ、よって責任をもって操作しなければならない最も基本的な財産である(Jordanova 一三九)。

ヴォルニーの『自然の法則——または道徳律』（一七九二）は、イギリスでは一七九六年に英訳が出版されているが、ここには「自己保存」という考えが貫かれている。

このように、人間の自己保存と同じ目的をもって備えられた身体的機能の進歩は、ヒトが形成される過程で自然が従った真の法則である。そして、この単純で実り豊かな原理から、我々の善悪、悪徳と美徳、正義と不正義、真実と誤り、許容できることと禁忌といったすべてのことが導きだされ、照会され、判断されなければならない。そしてこのことは、個人に関しても、社会的生活における個人にも適応する（Volney 四六―四七）。

ヴォルニーは、自己保存という考え方が、決してエゴイズムや不道徳ではないということを強調しながら、個人にとって「よい行いや美徳とは身体を保護することであり、悪い行いとはみずからの存在が脅かされることである」と述べている（五五）。この自己保存、あるいは身体のサヴァイヴァルという思想は一七九八年出版のウルストンクラフトの未完のゴシック小説『女性の虐待』にも顕著に表れている。

ウルストンクラフトの『女性の虐待あるいはマライア』

オースティンの『ノーサンガー・アビー』におけるゴシック談議で、ヘンリー・ティルニーは、ゴシック小説の怪奇物語は「身の毛もよだつほど」恐ろしいと、嘲弄的に表現している。クローディア・ジョンソンは、ゴシック小説が実は「ありふれた日常に潜む強い不安がわかりやすい形で投射されたもの」であることに気づかないヘンリー・ティルニーの手落ち、あるいはゴシックの恐怖を「コンヴェンション」として簡単に片づけてしまう彼の軽率さを問題視する（Johnson 三三―三四）。第一章ですでに述べたように、もちろん、『ノーサンガー・アビー』の（ゴシック・パロディ的要素は強いが）キャサリンのゴシック的世界観に基づく所見――ヘンリーの父ティルニー将軍による妻の監禁――は、彼の本質を見事に見抜いていたことを示す。彼がキャサリンに近づいた理由が、彼女の遺産めあてであったという彼の欲深で利己的な本性が後になって露見するからだ。

これについては、ダイアン・ロング・ホーヴェラーがさらに議論を発展させ、オースティンによる「ゴシック」の再所有化において、古城や修道院が「家庭の領域」に置き換えられたことが重要だと述べている。これこそ家庭の領域が、ゴシックの基盤、あるいは女性を対象とした暴力、虐待、搾取のトポスとして読み直すことができる好例であろう（Hoeveler 一三七）。

ウルストンクラフトの未完小説『女性の虐待あるいはマライア』もまた迫害される女性の物語である。[1]「ゴシック」に常套の展開を家庭の領域にもち込み、女性にとっての真の恐怖物語を書いたという点において、『女性の虐待』は『青ひげ』の再話ともいえる。ただし、主人公マライアの貪欲な夫ヴェナブルズは妻殺しの罪を犯すのではなく、金のために彼女を商品のように友人に売り渡そうとする。このことは、結婚制度と女性の自己保存の矛盾を露呈させる。「女性の貞節の庇護者となるべき夫」が、彼女を「罠に陥れようとした」後に、マライアはようやく身の危険を察知する（*The Wrongs of Woman* 一九八）。従来のゴシック小説と異なるのは、ヒロインが逃亡を企て、それを実行に移すことである。身の安全と、個人の幸せを追求するマライアの生き方には自己保存の精神が貫かれているといえよう。彼女は、夫の巧妙な計画により精神病院に幽閉されてしまうものの、同じ病院に入っているダーンフォードと手紙などで交流を続け、愛を育んでいく。

小説の伏線として、マライアの女性看守ジェマイマの人生遍歴も書きつづられている。マライアとは階級の異なる彼女も、男性中心的な社会において同様の虐待や追跡に苦しめられ、売春婦など社会的に悪とされる職業を経て、最終的に看守という仕事を得た経歴をもつ。つまり、ウルストンクラフトが描く女性登場人物には、伝統的なゴシックヒロインに期待される性質――たとえば信仰心や貞淑さ――は付与されない。生き残りをかけて、必要な手段をとりながら「身の安全」を確保することを最優先する自立した女性である。その必要性は次のように説明されている。

たしかに、みずからの生存を確保することはジェマイマにとって重要な課題であった。というのも、彼女はあちこち逃げ回っても、まるで猛獣か道徳悪の種かのように駆りだされてしまうからだ。[2]

彼女が看守になってからの生活は、それまでの悲惨な状態に比べると比較的よいもので、たとえマライアに同情し、ダーンフォードとの間を取りもつ役回りを引き受けたとしても、仕事を失わないよう配慮する、このようなジェマイマの現実的な生存本能をウルストンクラフトは忘れずに描いている。

『女性の虐待』においては、か弱き女性を守るはずの家長や家庭こそが、暴力、虐待、搾取のトポスとして描かれている。ウルストンクラフトは、家庭を去り、姦通の罪を犯す女性をヒロインに仕立てることで、それまでのゴシックの慣習、つまり、憐れみの対象となる売春婦と、貞淑で高潔なヒロインはつねに一線を画するという慣習を覆している。この小説ではそのような境界線が意図的に排除されているのだ。

ルーカスの『地獄のキホーテ』とデイカーの『ゾフローヤ』

ウルストンクラフトや彼女の夫ウィリアム・ゴドウィンの急進思想を皮肉ったのが、チャールズ・ルーカスの『地獄のキホーテ』である。ルーカスは保守派の立場から、正義感の強いウィリアム・ウィルソンを急進派思想を吹聴するモローダーの対極に置き、それぞれに善と悪の価値を体現させている。この作品には全体を通して、モローダーの言動によってゴドウィンやウルストンクラフトの少なからず歪曲された思想が表されており、反ジャコバン小説の典型といえよう。

しかし、悪漢モローダーによるヒロイン監禁が描かれていることから、ゴシック小説の変形と見なすこともできる。モローダーはエミリー・ベレールとその妹ファニーを、異なる機会にそれぞれ「誘惑」と「拉致」により監禁するのだ。エミリーは、はじめは一途なウィルソンの求愛にこたえているが、モローダーの巧みな戦術が功を奏し、彼女の気持ちは次第に後者に傾いていく。モローダーはゴドウィンやウルストンクラフトの急進派の思想をプロパガンダ的に効果的に用い、エミリーの心を惹きつけ、彼女を家族から引き離し、ついには愛人として自分の手元に置いておくことに成功する。

感情の赴くままに行動するエミリーと対照的な妹ファニーは、モローダーに身柄を拘束されるも（*The Internal Quixote* 三七〇）彼の執拗な誘惑に心動かすことなく、ウィルソンへの直向きな想いをもち続ける。その高潔さから見てもゴシック小説にふさわしいヒロインだろう。決して貞淑な女性とはいえないエミリーがファニー以上に読者に深い印象を残すのは、彼女の物語が、ウルストンクラフトの恋愛遍歴と連関しているからといえる。夫ゴドウィンが彼女の『回想録』（一七九八）を出版したことによって、ウルストンクラフトとギルバート・イムレイとの恋愛関係や、彼女の非摘出児ファニーのことなどが世間に知れ渡り、道徳規範を逸脱する代名詞として「ウルストンクラフト」の名が保守派の雑誌『反ジャコバン評論』にしばしば登場していたのだ。

ルーカスの描くエミリーの一見軽はずみとも思える行動は、ウルストンクラフトのスキャンダルを半ば揶揄してのものだが、その意図に反して、エミリーの駆け落ちとその後の彼女の逃亡は圧倒的な魅力を放つ。なぜなら、エミリーの「堕落」（同、九三）はウルストンクラフト（あるいはマライア）のような自立した女性を目指した結果であり、決して性的に放縦な性質のためでないことが彼女の物語から見てとれるからだ。モローダーは、叔父であるサリスベリー公爵が亡くなれば、爵位を継いでエミリーと結婚することを約束する一方で、初期のゴドウィンのように「結婚とは何だ。傲慢な男に従順に仕える女性を誘《おび》き寄せる罠以外の何ものでもない」と、結婚制度を批判した（同、八三）。さらにモローダーは「ウルストンクラフト夫人の『女性の権利の擁護』」（同、七五）をはじめとする新思想の本を読むことをしきりに勧める。このような思想に影響を受けたエミリーは、彼と駆け落ちすることが理想的な男女の関係を実現するために必要であると信じて疑わない。

　皮肉なことに、エミリーはモローダーの新思想教育のおかげで、みずからの意思をもち、行動することを習得しており（同、一三二）、モローダーの意図に反して、彼の娼婦になりさがることはない。モローダーが、叔父の死後爵位を継いでも、エミリーを「公爵夫人」（Duchess）ではなく、「私のかわいい人」（My ovely girl）と呼ぶのだが、その瞬間に彼の卑劣な目的を悟り、心の底から身震いする（同、一一六）。しかし、彼女はただ当惑するのではなく、モローダーの思惑を確かめるため、彼の友人である市会議員のバローズの家に赴く。真実を突き止めるやいなや、すぐさまモローダーの屋敷を去るのだが、不幸なことに、今度はバローズが彼女を愛人にしようと企み、彼女はさらなる逃亡を余儀なくされるが、執拗に追跡されても（同、一三四）、それに動じず、従者をおいてメイドと逃亡を続け、窮地を脱する。

物語の終盤でモローダーは死に、保守派のウィルソンと貞淑なファニーが結ばれるのだが、エミリーの駆け落ちや、モローダーやバローズからの逃亡を生き生きと描いた前半部分は、図らずもウルストンクラフトのゴシック性を踏襲し、このようなヒロイン像にある程度の正当性をあたえている。

シャーロット・デイカーの『ゾフローヤ』のヒロイン、ヴィクトリアの残虐性はしばしば指摘されてきた。マシュー・グレゴリー・ルイスの『マンク』に登場する、残虐行為に手を染める修道士との類似性も否めない。しかし、自分の欲望に忠実であるという点で、ウルストンクラフトからの影響も見せている。一五世紀イタリアを舞台にしながらも、『反ジャコバン評論』などで急進派の思想家たちを中傷するために使われた言葉、「激しい（wild）」（*Zofloya* 一四）や「熱狂」（enthusiasm）

(同、三〇)などが高い頻度で用いられており、扱われている主題は同時代的でもある。

主人公ヴィクトリアはマライアやエミリーに匹敵する生存能力をもつ。まず、ヴィクトリアは恋人ベレンザとの密会を妨げようとする母ローリーナとアルドルフによって森の奥地に監禁されるのだが、彼女は鍵を確保し、目的地であるヴェニスとの地理的な関係をそれとなく探り、首尾よく脱出する。その後、しばらく森の中で野宿し、自力でヴェニスにたどり着く、というすぐれた自己保存能力を見せる。そしてヴィクトリアはヴェニスでベレンザとの邂逅を果たし、彼の愛人となる。

彼女がベレンザの妻でなく愛人の地位に甘んじている間に、彼の命が狙われる事件が起こる。ヴィクトリアが身を呈して彼を守ったため、彼は改心し、彼女と結婚することを決意する。しかしこのことがきっかけとなり、ベレンザが彼女を「妻にするには相応しくないと考えていたこと」に気づいてしまう(同、一二七)。『地獄のキホーテ』のエミリーが女性の立場の弱さ、無防備さに衝撃を受けたように、ヴィクトリアもまた夫ベレンザの利己的な思惑に失望し、彼に対する愛もまた急激に冷めていく。その代わりに、彼の弟ヘンリクエズに狂気ともいえるほどの激しい愛を傾けるのだ。

ムーア人の姿をしたサタンゾフローヤの助けを借りてベレンザを死に追いやり(同、一七六)、ヘンリクエズの婚約者リラを拉致し、山奥の洞窟に鎖でつなぐという残忍な行為におよぶヴィクトリアはゴシック小説に稀に見るヒロインである（同、二〇四―〇六）。もちろん、彼女の道徳性は問われるが、その激しさは「下劣な情念」（同、二〇三）によって突き動かされていたものの、逞しいサヴァイヴァル能力はウルストンクラフトのマライアやジェマイマ、そしてルーカスのエミリーを彷彿とさせる。

ウルストンクラフトの『女性の虐待』がゴシック小説の異端であるならば、それは、ありもしないシチュエーションを怖がる読者にお約束の恐怖物語を提供するためではなく、当時のイギリス社会に生きた女性の現実的な恐怖やみずからの生命を守ることの価値を示そうとする戦術なのではないか。『地獄のキホーテ』や『ゾフローヤ』も、女性が窮地に立たされる状況を生々しく描いているが、従来のヒロインとは異なり、運に助けられることはない。ヒロインたちは自分の知恵と倫理観、そして身体能力によって生存を勝ち取らなければならない。ヴィクトリアは、その欲望の過剰さにおいて、ウルストンクラフトが目指したヒロイン像からははるかに逸脱するが、マライアやジェマイマに勝るとも劣らない多感さ、意志の強さ、そして実行力を見せる。フランス革命が掲げた「自由」、「感受性」、「平等」とも共鳴するヴォルニーの啓蒙思想は人間の欲望と道徳律の調和を唱えている。保守派と急進派が対立する言説空間の中で、欲望や感性をもつことの人間らしさを体言するヒロインたちはそれぞれに光を放っているが、今日これらの作品がいわゆるゴシック小説として脚光を浴びなくなった理由もまた、欲望や感受性の影の部分を呈しているからであろう。女性は結婚して夫や子供の世話をするものだという性役割に縛られていた時代に、性的自由を模索する女性は否定的に描かれることが多かった。それだけに、マライアやジェマイマの人間らしい欲望は、今も価値があるのだ。

第4章

ゴドウィンのゴシック小説

理性主義と感受性のあわい

優れた論理的思考と真理というものが、適切な意思疎通がなされた場合、人間が過ちを犯すことをも克服させる。論理的思考と真理は、いかなる場合も意思疎通に耐えうるだろう。真理は絶対である。人間の悪徳と道徳的欠点が避けられないということはない。人間は完全可能性をもち、いうなれば、恒常的に改善してゆくのだ（*Political Justice* 一四〇）。

メアリ・ウルストンクラフトの夫でメアリ・シェリーの父でもあるウィリアム・ゴドウィン（一七五六―一八三六）の最も成功した著作は『政治的正義』（一七九三）であるが、ここでは、理性や論理的思考こそ社会に求められる人間の資質であると繰り返し強調される。そのため、彼はこれまでは広く「理性主義者」として知られてきた。おそらくこのことを疑う政治思想の研究者は少ないだろう。しかし、彼は作家としての顔ももつ。彼の代表作は『世の現状――またはケイレブ・ウィリアムズの冒険』(1)（一七九四）であり、そのため、英文学研究者にとってのゴドウィンは、人間の非理性、感受性が描かれるゴシック小説の作家という印象が強い。

ゴドウィンのゴシック小説は啓蒙思想を体現するリベラリズム的要素が強いが、彼の小説には、理性と感情の融合、現実と幻想の混淆というテーマが内在しており、封建制を揶揄するジャコバン小説と一括りにできないところがある。それは、『政治的正義』の柱でもある理性と小説で肯定的に描かれる情操の間で根本的な矛盾が生じているからである。『ケイレブ・ウィリアムズ』の魅力となっているのが、主に鋭敏な感情をもつ登場人物たち、つまりフェルディナンド・フォークランド、エミリー・メルヴィル、ケイレブ・ウィリアムズらによる語りである。そしてそれは人々の（あるいは読者の）感受性に訴える感傷的で、共感を呼ぶ語りなのである。

ラドクリフのゴシック小説と比較すると、ゴドウィンの代表作である『ケイレブ・ウィリアムズ』には、怪奇の要素はほとんどないが、それでも、リベラリズムへの憧れとそれを打ち砕こうとする因習との相克という社会体制批判の性質はきわだっている。亡霊のいる古城、地下窟、墓地、土牢、強姦、妖魔の棲む森など、読者に扇情的な効果をあたえようとするお決まりの舞台装置はないものの、主人公ケイレブが、領主フェルディナンド・フォークランドによって監視されながら不当に迫害、追跡されるさまは戦慄が走るほど恐ろしい。小説の前半部分でフォークランドを窮地に追い込むバーナバス・ティレルなどの暴君然とした権力者はジャコバン小説の悪漢のように、一八世紀末イングランドの圧政を彷彿とさせる。

たしかに、ギャリー・ケリーやパメラ・クレミットらが指摘する通り、ゴドウィンのゴシック小説も当時の政治的状況と分かち難く結ばれていた。ケイレブの語りの真実性は腐敗政治を暴こうとする急進思想を体現してもいる。その真実を追求しようとする語りが前面に押しだされ、これはのちに米作家エドガー・アラン・ポーの探偵小説に引き継がれていく。ただし、ここで注目しておきたいのは、『ケイレブ・ウィリアムズ』では、ラドクリフ小説とは異なり、善人と悪漢が二分されない点である。ゴドウィンのゴシックの独自性は、ティレルの理不尽で陰惨な仕打ちの被害者でもあるフォークランドが、最終的にはティレルと同じように権力を乱用し、弱者ケイレブを追い込んでしまうという人格の揺らぎにあり、また、権力者による暴虐に耐える社会的弱者エミリーやケイレブの感受性豊かな語りも魅力といえるだろう。

ゴドウィンのゴシック小説のプロットを見ても、聞き手や読者の感受性に訴える感傷文学に軸足を置いている点では、たんなるジャコバン小説とはいえない。貧しい家に生まれたケイレブは、自分を雇ってくれたフォークランドの過去の犯罪に気づいてしまい、不本意ながらも恩義のある主人を追い詰めてしまう。ところが、フォークランドを追い詰めるどころか、逆に、あらぬ嫌疑をかけられ、追跡され、牢獄に入れられてしまう。ケイレブ本人にとってみれば無罪放免となって当然の状況なのだが、権力者フォークランドが相手では状況はきわめて不利となる。最後の法廷場面でケイレブがフォークランドから自白を引きだすことに成功した理由は、『政治的正義』で強調されている論理的思考や理性的な説得などではなく、裁判官やフォークランドの感情を揺さぶるようなケイレブの情熱溢れる「共感」の訴えであった（『ケイレブ・ウィリアムズ』四〇五）。

とはいえ、理性主義者としてのゴドウィンと感受性文学の旗手としてのゴドウィンの矛盾は近年まで取り上げられることはなかった。最近になって『政治的正義』を書いた一七九三年頃のゴドウィンと、第二版（一七九六）、あるいは第三版（一七九八）のゴドウィンとの間に大きな隔たりがあることが論じられるようになってきた。おそらく、彼がデイヴィッド・ヒュームの情操論から受けた影響を指摘したポール・ハミルトンの研究などが大きな転換点となり、ここ二〇年ほどで、ゴドウィンの思想の両義性が注目されるようになった。ハミルトンによれば、ゴドウィンは一七九五年にデイヴィッド・ヒュームの『人間本性論』（一七三九―四〇）を読んで、純粋に理性的な行為はあくまで理想であり、「人間の行動の主たる原動力としての感情」（feeling）を再評価するようになったと述べている（Hamilton 四四）。

『女性の権利の擁護』（一七九二）の作者でもあるメアリ・ウルストンクラフトとの出会いも、ゴドウィンにとって大きな転機となった。[2] 婚姻制度に反対していたウルストンクラフトだが、のちに『フランケンシュタイン』（一八一八）を著すメアリ・シェリーをお腹に宿したとき、ゴドウィンとの結婚に踏み切った。ウルストンクラフトが最初期からゴシック的想像力を作品に取り込んでいたことも、彼に影響を及ぼしたはずだ。人が経験した出来事が神経刺激の感覚印象として鎖のように連なるという身体の機械的なイメージは当時の医学理論「連合理論」（association theory）によって生みだされたものであり、ウルストンクラフトもしばしば言及しているが、『ケイレブ・ウィリアムズ』の語り手がさまざまな事象を目にし、好奇心に駆り立てられてしまうプロットはその好例であろう。

『ケイレブ・ウィリアムズ』にも、第二作目の『セントレオン』（一七九九）にも非理性が顕著に描かれているが、この二つの間には決定的な違いがある。『セントレオン』では、「機械装置」(machine)のイメージが多用され、しかも必ずしも否定的でない形で女性化されている。反対に、過剰な理性主義や強い意志の行使が有害な「男らしさ」と結びつけられており、その文脈においては、機械化される身体は、両義的な自己像を孕んでいる。『政治的正義』においても感受性や、機械化される身体について論じられているが、小説のリアルな場面や登場人物の心理描写に置き換えられることによって、文脈があたえられ、読者の想像力を喚起する。ゴドウィンの『ケイレブ・ウィリアムズ』、『セントレオン』、そして彼の思想に影響を及ぼしたウルストンクラフトの小説などにも言及しながら、ゴシック小説がウルストンクラフトとゴドウィンにとって「理性主義」を留保しつつ、共感と非理性を再評価するメディアとなっていたかを見ていきたい。

『ケイレブ・ウィリアムズ』——理性と共感のあいだ

『政治的正義』の初版が刊行された一七九三年というのは、ちょうどフランス革命論争が吹き荒れ、とりわけエドマンド・バークの『フランス革命の省察』(一七九〇)が世に出たのをきっかけに、保守派と急進派の間で世論が二分されるようになった時期である。同年、フランス国王が処刑され、ロベスピエールの恐怖政治が激化し、イギリスではバークの保守陣営が後押しされる形になる。当時政権を担っていたトーリーのウィリアム・ピットは世論の保守化を背景に、強圧政策に踏み切っており、政府は一七九五年には、国王、政府への批判を助長する出版や説教を取り締まる「反逆行為法」を制定し、急進主義の締めつけをさらに強化していた。

二〇世紀後半以降の文学研究においては、革命期に啓蒙思想がイギリスでも広まっていくこの歴史的文脈とアン・ラドクリフやシャーロット・スミスのゴシック小説が結びつけられて論じられることが多い。つまり、革命勃発から恐怖政治にかけて、回顧的、退廃的なゴシック趣味が流行したということが、闇のなかにも光を探し当てようとする当時のリベラル思想を反映していたと考えることもできる。(3) 領主などによる権力の乱用、退廃した封建制のメタファーとしての古城(=牢獄)が、フランスの「圧政」の象徴バスティーユ監獄を彷彿とさせるという解釈こそがおそらく今では定番であろう(Paulson 五三四)。とりわけ一七九四年までに刊行されたゴシック小説の恐怖は、どちらかというと、非理性がまかり通る封建的な社会へと引き戻されることに対する恐怖を表し、ゴドウィンの小説もこの部類に入ると考えられている。フランス革命あるいは新しい価値観は、この頃依然としてイギリスの名誉革命のような理想として掲げられており、啓蒙思想家ゴドウィンとしてのイメージは浸透していたというわけだ。

ゴドウィンのゴシック小説は啓蒙思想を体現するが、彼の小説には、理性と感情の融合、現実と幻想の混淆というテーマが内在しており、封建制を揶揄するジャコバン小説とひと括りにできないところがある。すなわち、『政治的正義』の柱でもある《理性》と小説で肯定的に描かれる《感受性》の間で根本的な矛盾が生じているのである。『ケイレブ・ウィリアムズ』の魅力は、理性を駆使して殺人犯を追い込んでいく主人公の語りよりも、彼の鋭敏な感情と好奇心にある。

これは大地主のフォークランドが秘書で語り手のケイレブによって過去の犯罪を突き止められる物語である。かつてフォークランドが好意を寄せていたエミリー・メルヴィルという女性が彼女の親戚であるティレルに異常なほど迫害され、最終的には命を落としてしまう。またティレルはフォークランドとは地方の主導権を争ってもいた。そして、フォークランドが実はティレルの殺害に及んでいたのだが、その罪を無実の農夫ホーキンズに着せていたことも判明する。その後、真実を突き止めたケイレブもまた冤罪で追い込まれていく。フォークランドの過去の犯罪に気づいてしまうケイレブは、不本意ながらも自身の好奇心に抗うことができず、恩義ある主人を追い詰めてしまう。

ところが、その過去の汚点が暴かれることを恐れたフォークランドによって、ケイレブはいわれのない金品窃盗の罪を着せられ追跡されるのだ。ゴドウィンには、フォークランドによって体現される専制政治を告発する、あるいは政治の腐敗がなくならない当時のイギリスの状況を風刺するといった意図もあっただろう。

無実のケイレブが世間の不正義によって追い詰められてしまう原因のひとつが、虚構の物語による感情への作用である。半ペニーで売られていたケイレブの物語には「塀やドアを破る技にかけては当代随一の押し込み強盗、口のうまさ、二枚舌と変装では誰にも負けぬ詐欺師」と書かれていた(『ケイレブ・ウィリアムズ』三二六)。人々はこの根も葉もない嘘を信じ、ケイレブの首に賞金がかけられているとわかるやいなや情け深いスパレル氏でさえ、その報酬の誘惑が「抵抗できない強力な刺激にな」った(同、三四二)。人の行動原理が必ずしも理性や正義に基づくのではなく、虚構や金が人々の感覚にあたえる「刺激」であることを度々強調するのである。

ケイレブはフォークランドが過去に罪を犯した情況を理解していた。そして、法廷で彼の高潔な人格を認めている。ケイレブは、自分を陥れ、追い詰めたフォークランドが過去に犯した殺人の罪が実は悪意から行われたものではなかったことを知っていた。フォークランドの許されざる行為は、一時は思い人であったエミリーの窮状に共感し、彼女を苦しめていたティレルに対する報復でもあったからだ。ケイレブは、フォークランドの罪以上に、彼のそのような人格を認め、「賛美の言葉」を捧げる。

責めるために来ましたが、誉め称えもしなくてはなりません。フォークランド氏は人々の愛情と好意を受けるにふさわしい人であり、かくいう私は卑劣にして憎むべきものである、と私は声を大にしていいたい（同、四〇四）。

ケイレブの共感の言葉は、凍てついたフォークランドの心を溶かし、罪を認めさせたのだ。しかし、裁判の三日後にフォークランドは衰弱死し、それに対してケイレブは一生自責の念に囚われ続けるというエンディングである。

これは刊行版の結末であり、実は初稿ではまったく異なる最後が描かれていた。ケイレブは裁判で理路整然と状況説明を行い、フォークランドを殺人罪で告訴したが、理性の効果は少しも発揮されず、逆にケイレブが偽証罪で訴えられ、投獄され、獄中では毒を盛られるという悲劇で幕を閉じる。狂気に陥ったケイレブが死を予感する場面で小説は幕を閉じている。つまり、初稿の結末よりも刊行版の結末のほうが、共感というテーマが強調されている。

ケイレブが冤罪で拘置所に入れられる場面でも人の共感力が描かれている。日光も入らない地下の独房の劣悪な環境で、床の金具に縛りつけられたケイレブは、南京錠を夜の間だけ外していた。そのことが見つかり、足かせ、南京錠に加えて、手錠までかけられてしまう。その窮状を目の当たりにしたフォークランドの召使のトマスは、衝撃を受ける。彼はケイレブの亡父も昔から知っている人物で、ベッドもない、藁《わら》も取り上げられたこの拘置所の悲惨な境遇に深い同情心を抱く。彼は一度は帰宅したが、二度目の面会の時に「のみ、やすりにのこぎり」を持参しケイレブに手渡すと、「悲しげな口調で「こんなことをしてはいけないとはわかっているが、仕方なかったのだ」」という(同、二六〇)。

興味深いのは、ケイレブが拘置所に入れられる前には、トマスは非情にも、「ウィリアムズ(ケイレブの亡父)が亡くなっていてよかった。もし生きていたら、こんなひどい息子をもって死んでも死にきれなかっただろうよ」といい放っていたことである(同、二二七)。ケイレブが何度無罪を信じてくれるよう懇願しても、その言葉に耳をふさいでいたトマスであったが、ケイレブの変わり果てた姿を見てその心が動かされる場面である。

このように『ケイレブ・ウィリアムズ』でも、すでに共感というテーマは重要視されていが、『セントレオン』では人間の理性がいかに頼りないものであるかを感受性の作用に着目しながら描き、ウルストンクラフトが人間の美徳として掲げていた共感の価値へと移行していく。

ウルストンクラフトの共感——女性・機械・動物

ウルストンクラフトが『女性の権利の擁護』で主張する理性の大切さとゴドウィンが『政治的正義』で繰り返し強調する論理的思考は明らかに響き合っていた。しかし、実は『女性の権利の擁護』は、読者の感受性にも訴えるレトリックと理性的な論理展開を併せもつハイブリッドのような書物でもあり、彼女の伝記的な小説『メアリ』（一七八八）や北欧に渡ったときの旅行記『北欧からの手紙』（一七九六）では、圧倒的に感受性レトリックが優勢となっている。『女性の権利の擁護』でウルストンクラフトは、女性は決して情にもろいか弱い存在ではなく、男性と同じように理性的に考えることが可能であることを繰り返し主張した。ただし、誤った教育によって女性の理性の発達が歪められ、しかも女性は男性のように理性を用いる機会に恵まれないために圧倒的な差が生まれてしまうとも述べている。

ウルストンクラフトは、女性にも理性が備わることを強く主張し、教育によってそれを実現しようとした。理性を重要視する議論を基盤として、女性の教育の必要性を訴え続けたのも彼女である。『女性の権利の擁護』から二年後に出版した『フランス革命の起源と発展についての歴史的・道徳的考察』（一七九四）でもやはり理性による感情の制御をフランス革命の文脈に置き換えて議論している。ウルストンクラフトは、当時、女性の天才が出現することは――自分自身のことは天才と考えていたかもしれないが――まだ現実的だとは考えていなかった。だからこそ、小説《フィクション》の世界において、彼女の考える理想的な女性像を描くのだ。ウルストンクラフトのヒロインは必ずしも理性的で論理的思考に優れているわけではなかった。他者の痛みに対する感受力こそが女性の理想の資質として捉えられている。また、想像力豊かな天才として描かれる『メアリ』のヒロインと比べるとその母親は「機械」とまでいわれるほどか弱く、受動的な人間として描かれている（*Mary* 五）。

近代社会の自己を語る際に参考になるのが、チャールズ・テイラーの二つの対照的な自己像である。つまり「緩衝材で覆われた自己」（buffered self）と「多孔的な自己」（porous self）である。前者は、啓蒙期以降に浸透するようになった「自立した個」ともいえる「緩衝材に覆われた」イメージであり、「自分自身を決して脆弱ではない存在者、つまり、みずからを事物の意味の所持者であると理解することができる」。他方、後者の「多孔的な自己」は、「個」の境界を超えて、他者とも感情を交換することが可能なイメージである（テイラー 四七）。

ウルストンクラフトの『空想の洞窟』（一七八七）という未完の初期作品は、すでに『女性の虐待』を予見するようなゴシックの雰囲気を帯びていた。この小説にもやはり想像力のたくましい少女セジェスタと「不適切な教育」により身体が弱体化していたという母親の対比が描かれている。小説冒頭で浜辺に打ち上げられた難破船乗組員の死体を「観察するような目」で吟味する賢人セジェストウスがその母親の死体を観察、あるいは読みとる場面である（"The Cave of Fancy" 一九四）。読みとることによって精神世界が身体の境界を超えることは、「個」の感情が多孔的に伝播することでもある。ウルストンクラフトのこうした多孔的な自己像はおそらくゴドウィンにも少なくない影響をあたえただろう。

第三章でも論じたように、ウルストンクラフトの『女性の虐待あるいはマライア』のヒロインであるマライアは、夫の暴虐によって精神病院に監禁されてしまい、そこで病院の看守ジェマイマと出会う。ジェマイマのあまりに悲惨で過酷な人生は、動物のそれにたとえられる。マライアより不遇なジェマイマが最後に行き着いたのが看守という仕事であった。財産権など法的な諸権利をもたない女性の悲劇的な末路がそこにある。ウルストンクラフトは、官能や快楽といった刹那的な感受性（sensibility）を否定しながらも、ジェマイマのような社会の底辺にいる弱者の痛みを共有する感受性をもつことを肯定している。『女性の権利の擁護』ではその感情を「情動」（affections）という言葉で表している（*Vindication* 一六〇）。興味深いのは、ウルストンクラフトの共感論である。心（heart）の体温によって温められること（warmed）、あるいは心と心を結びつける共感力（sympathy）が重要であると指摘している（*Vindication* 一六〇、二二七）。

ウルストンクラフトは女性が動物として扱われることに断固として抵抗していた。しかし、『女性の虐待』では、ジェマイマが動物にたとえられるように、ウルストンクラフトは人間と動物の境界を曖昧なものとしても捉えていたのだ。彼女は、『エミール』に描かれるルソーのジェンダー観には異を唱えていたが、彼が前提としていた人間と動物の近接性については賛意を示していた。[4] 動物が育むことのできるこのような道徳感情は、実は痛みや苦悩の「経験」がなければ不可能である、とルソーはいう。

我々は生まれながらにして感官をもっている。そして生まれるやいなや、我々は周囲の事物から、さまざまな方法で影響を受ける。我々がみずからの感覚をいわば意識するようになるとすぐに、それらの感覚を生みだす事物を追究したり、避けたりするようになる。そのためには、まずその感覚が快いか不快であるか、次に我々と事物との間に適合性が認められるか否か、最後に理性が我々にあたえる幸福または完全性の観念に基づいて、我々がこれらの事物についてどんな判断を下すか、それがその基準になる。この性向は我々の感性が発達し、知識が増すにつれて、ますます広がり確立していく。しかしそれは我々の習慣に縛られ、我々の意見によって多少変質する。その変質以前の成功を、私は我々の内にある自然と呼んでいるのである（『エミール』一〇）。

ルソーは人間が感覚の生き物であることを指摘することで、経験の重要性を諭している。しかも、彼はゴドウィンがのちに「完全可能性」（perfectibility）と呼ぶ「完全性の観念」にも触れている。感覚は必ずしも理性と対立するものではなく、人間が成長するため、あるいは理性を発達させるために必要な性質である。感性と理性は互いに相乗効果を増しながら発達していくものなのだ。

ゴドウィンとウルストンクラフトの関係性とゴドウィンの変容する思想に関しては、イルディコ・センゲイによる研究はとりわけ注目に値する。ウルストンクラフトの死後、ゴドウィンが刊行した『「女性の権利の擁護」の著者の回想録』や彼の日記を分析しつつ、ウルストンクラフトがゴドウィンの思想にいかに大きな影響を及ぼしたかを論じている。とりわけ一七九六年からウルストンクラフトが産褥熱で他界する一七九八年にかけて二人の思想の親和性は頂点に達する。そして、ちょうどこの頃、ゴドウィンは一七九三年版『政治的正義』の完成度に満足できず、「感受性の主権（**empire of feeling**）に十分な注意が払われていない」という反省のもとに、その「過ち」を正そうとしていた（Csengei 一八一）。この時期、『セントレオン』が執筆されていたことに留意したい。

『セントレオン』——多孔的になる自己

『政治的正義』第一〇巻の第九章「人間の心の仕組み」において、ゴドウィンは多孔的な自己を否定している。彼にとってデイヴィッド・ハートリーの観念連合理論、あるいは身体機械論とは、基本的に外界からの刺激に翻弄されることを意味していたがゆえに、その理論を徹底して酷評していた。この章では、「精神の多様な働きの原理を(メカニズムという形に)単純化してしまうなんて、到底賛同できない」(*Political Justice* 三六二)と述べている。ゴドウィンは人の精神というものは、外部の影響と内的真実がつねにせめぎ合う空間でもあるが、「自由意志をもつ状態」が損なわれることはないと主張している(*Political Justice* 一二七)。

ともすれば習慣によってのみ行動してしまうような場面でも、ゴドウィンによれば、人が意志の的確な判断を下し、過ちを未然に防ぐことは可能であった。人間は精神が年齢を重ねるごとに鍛錬され、いずれは「完全」な自由意志が確立できるという理論こそが冒頭で言及した「完全可能性理論」(perfectibility theory)である。『セントレオン』は、主人公に永久の命があたえられ、「成熟」と理性の発達についてのある種の哲学的実験が行われる小説といえる。この小説でゴドウィンはどのような思想的立場を貫いているのだろうか。

『セントレオン』は一六世紀フランスを舞台にした物語で、主人公レジナルド・セントレオンはファウスト的なプロットを経て、錬金術の力を手に入れる。ただし、みずからの魂を売り渡すのではなく、秘密を厳守することで家族愛や社会との交流を一切断つという条件が課せられる。超自然の能力をもち、周りから「モンスター」と呼ばれるセントレオン自身の怪物性は『フランケンシュタイン』の被造物へと受け継がれる（*St Leon* 二一一）。

ゴドウィンは、セントレオンの精密な語りを「何千もの部品からなる機械」にたとえながら（同、一九八）、小説の語りにおける一貫性や理性的な組み立てを「機械」と表現する意図もあったかもしれないが、実際に小説を読み進めていくと、「機械」のイメージは人間の意志が欠落している習慣的行為、あるいは精神の弱さや病的な身体に重ねられている。人がいかに「鎖」（同、二三一）のように一つ一つの出来事が連なる人生を歩むかという考え方は、結果的には、精神の弱さも露呈してしまう。セントレオンの弱さは、彼のギャンブル依存症という病に表れている。一八世紀の医学的見地からすると、機械的な身体というものは、外的刺激の連鎖反応によって翻弄されるイメージを喚起する。「人間（の身体）がもつ機械装置というものはそれ自体では無なのだが、瞬間瞬間に生じる複数の力の影響に依拠している」という同時代の著名な医学書のレトリックにこの形跡が典型的に見られる。

『ケイレブ・ウィリアムズ』でも、語り手の感情の揺れゆえに矛盾のない理性的な語りには到達できていない。結末でも、ケイレブがフォークランドの感情に訴えることによって有罪判決を免れているが、『セントレオン』では、理性への信頼がさらに失墜する。ギャンブルなどの危険な習慣への誘惑を克服できないセントレオンの機械的な、また女性化された身体を卑下する視点も描かれる。彼は何度も過ちを繰り返すのだが、それによって理性が発達し、成熟することはない。また、セントレオンが錬金術を社会の発展のために用いることを試みても、不景気に陥るやいなや、すべての元凶はセントレオンにあるとして、迫害されてしまう（同、三七八−七九）。そもそも、理性的な説明が通じない現実離れした錬金術師としての彼の人生は、相互理解の範疇から疎外されているのだ。

ゴドウィンは、このような身体機械論に対してしばしば両義的な態度を見せていた。習慣的連合性とは、人の意志ではなく、感覚的な連合性や習慣によって人格などが形成されてしまう理論である。人は、いかに理性を働かせようとしても、感覚器官が外的刺激によって受ける「感覚印象」（sense impression）から精神を切り離すことができない。感覚的記憶という鎖が「理性」の確立を可能にするという仮説がゴドウィンの信念を支える一方で、まさに連鎖していることが習慣と結びつくことから、悪習が感覚に絡めとられてしまい、理性を土台から揺るがすことにもなる。

主人公が富や名声を獲得したり失ったりすることで、『セントレオン』のプロットの流れには抑揚が加わっている。君主制、貴族社会による富の蓄積を否定的に捉えていたゴドウィンは、セントレオンの富に対する執着を戯画化してもいる。セントレオンの富への執着は、教育者であった母親の説諭——貴族の地位や名誉に対する自負——によって強められている。このような初期の教育によって、セントレオンの「贅をつくした壮麗なもの」（同、五）に執着する傾向は強まっていく。

若いセントレオンが初めてフランシス一世とヘンリー八世との謁見を賜る場面で魅了されるのは、王たちの「壮麗さ」であって、知性や美徳などではない（同、四）。ましてや、理性や理知が王の魅力として描かれることはない。彼らの見事で絢爛豪華な着衣に魅了されたセントレオンは、その外観を詳述し、「きらびやかな馬飾り、馬の気質、戦士の情熱や品位」（同、六）を、賞賛している。セントレオンは視覚的な印象に過度に影響を受けやすい人物として描かれ、さらには、戦士時代の激しい情熱の行き場を失った彼は「自分自身の内にある嵐から注意を逸らすことができるのは賭け事の激動的な場面だけである」といい、ギャンブルに捌け口を求めるようになる（同、五四）。彼のギャンブル癖という悪習は彼の資産を食い潰し、その生活習慣が家の没落を招いてしまう。

スイスの医師サミュエル・オーギュスト・ティソ（一七二八–九七）やスコットランドの医師トマス・トロッター（一七六〇–一八三二）は、こうした「危険な習慣」や依存症について著書を残しているが、医学言説に深い関心を寄せていたゴドウィンは彼らに倣って習慣と病的症状を医学的に関連づけている。ティソは『上流社会の人々の病に関する論考』（一七七二）において、豪勢な上流階級の人々は「多種多様な（欲望の）対象物を目にしたり、それについて妄想を抱いたり、つねに心的動揺や興奮（continual agitation）を覚えなければならない」と主張している（Tissot 一三二）。つまり、できうる限りみずからをそのような対象物から引き離すことで危険な習慣に囚われることから身を守ることができるという認識が共有されていたのだ。裕福になりたいと渇望するセントレオンは賭け事師が取り憑かれるような「病的な心的動揺や興奮」（preternatural agitation）につねに悩まされるが（*St Leon* 四九）、これもティソの挙げる症状とよく似ている。

このような悪習の表象はトマス・トロッターのアルコール中毒と習慣に関する言及を彷彿とさせる。トロッターはアルコール中毒を「精神の病」（disease of the mind）と呼び、医師たちにその原因を探るには中毒患者の症状だけでなく「患者自身の性格、仕事、生活様式、そして感情や私的な事柄にいたるまで詳しく検査する必要がある」と述べている（Trotter 一七二）。トロッターは「習慣に組み込まれた肉体上の影響が感覚機能の働きと連結する」と説明するが（同、三）、セントレオンの習慣もこのように肉体に織り込まれた感覚と切り離せない。

『セントレオン』では、日常的な習慣が物理的な身体構造に浸透していることを「繊維」(fibres)という言葉を用いて表わしている(*St Leon* 二五八)。神経繊維が人間の空腹やのどの渇きを知覚できるように、人の習慣もまた肉体的欲求の一部であることが強調されている。「患者の性格をよりよく知ることによって」(酩酊などの)悪習が「その人物の境遇や地位に起因するものなのか、気質によるものなのか」を探り当てることができるとトロッターは説明しているが(Trotter 四)、セントレオンの場合、ギャンブルの悪習はその両方に起因する。

まず主人公は「濫費《らんぴ》や贅沢」というものを「壮麗や高潔さ」と取り違えてしまうような境遇に育った。青年期にただ一人指導者的人物として彼に助言をするダンヴィル公爵が習慣だけでなく「環境」をも変えなければならないと、徹底的な改心を勧めるのはそのためである。公爵の娘マーガレットと結婚した彼は一旦は都会暮らしがあたえる刺激から離れ、田舎に移り住むようになるが、そこで神秘的な錬金術を伝授される。

息子チャールズの教育のためにパリに移住するやいなや、セントレオンは錬金術で得た富によってパリの社交界に返り咲き、ギャンブルの誘惑に負けて堕落してしまう。皮肉なことに『政治的正義』でゴドウィンが病の代表として挙げている「贅沢病」(*Political Justice* 四四七)という病に侵されているのは主人公のセントレオン自身である。『政治的正義』において、「贅沢病」に陥りやすいのは、「女性的な」(effeminate)人間であると述べてジェンダー化している点も重要だろう(*PJ* 四四七―四八)。錬金術師の力を継承することを迷っていたセントレオンは、妻マーガレットに依存する「女性的な」自分を変えるためだといって、その申し出を受け入れる(*St Leon* 一三七)。

ここでは、ウルストンクラフトの『メアリ』で言及されるような、「機械」のような女性と思われたくないと過剰反応するセントレオンの「男らしさ」への固執が描かれている。しかし、ギャンブル中毒から抜けだせない彼こそが「機械化」された主体を象徴してもいるのだ。何度も失敗を重ねていくうちに、セントレオンは刹那的な快の感情に振り回されることもなく、恒常的に家族や他者に対する共感をベースに人生の選択ができる妻マーガレットがいかに優れた資質を備えているかということに気づく。ゴドウィンにとって、マーガレットを理想化して描くことはウルストンクラフトへのオマージュであろう。セントレオンの不幸の原因を「あなたは対等な人間が一人もいない、なんて不幸で惨めな人」(同、二二一)と明察するマーガレットの言葉は、ゴドウィンの亡き妻の共感の思想を想起させる。この場面で、ゴドウィンはウルストンクラフトの共感によって相互理解を促す多孔的な自己像を肯定的に受容しているのだ。

ゴドウィンの葛藤

機械的な身体を有する人間でさえ自由意志をもつことができると考えていた初期のゴドウィンの思想は、『セントレオン』においては明らかに疑問符がつけられている。その自由意志とは、錬金術師が主人公にもたらした「金」と同様、たんなる「まやかし」でしかないという提言なのである。ゴドウィンはセントレオンの機械的な身体に警告を発してはいるが、それと同時に、壮麗なものに執着してしまう哀れで弱気な主人公を愛すべき存在としても描いている。つまり、理性によって自己を律することのできる、いわゆる近代人が否定されている。環境に影響を受ける動物としての人間をこれほど徹底的に、共感とともに描きだしている小説は同時代作品でもないだろう。今日あまり顧みられることがなくなった『セントレオン』を読み直すことで、ゴドウィンの理性主義からの離脱を再評価することもできるのではないか。息子チャールズが若返った父親セントレオンに出会って、父親とは知らずに友人として心を交わすものの、ある客観的な事実だけを見て、彼を罵倒する場面がある。ゴドウィンの理性主義を体現するチャールズとセントレオンとの間で価値の揺れが浮き彫りになる。ケイレブやセントレオンの感情は普遍化される理性や真理とどのように関わっているのか、ある意味で哲学的な実験にもなっているのだろう。

ここで、「優れた論理的思考と真理というものが、適切な意思疎通がなされた場合、人間が過ちを犯すことをも克服させる」という冒頭の一節に立ち戻ってみたい。ゴドウィンの哲学は、人間の理性という強さへの絶対的な信頼と、情動反応の蓄積によって形成される悪習に流される人間の弱さの間に生じる葛藤を主に扱う。当時の神経医学では、人間も動物と同じように外界からの神経刺激や感覚印象によって行動パターンが大きく左右される症例が発表されていた。果たして人間は動物とは一線を画する存在なのか。ゴドウィンは小説において、人間が感情や習慣に溺れてしまう動物である点に注意を喚起しながらも、ウルストンクラフトの共感の思想によって、感受性の働きが必ずしも否定的なものばかりではなかったと考えるようになっていたのではないだろうか。

第5章 シェリー『フランケンシュタイン』

バラッドに吹き込む精気

ウィリアム・ゴドウィンとメアリ・ウルストンクラフトの娘で『フランケンシュタイン』の作者であるメアリ・シェリーは長らく、科学者が怪物を創造する物語を書いた作家として知られてきた。しかし、その物語が当時の科学論争の根幹にあった宗教と世俗の問題を剔抉する奥深い見識を伴うものだったことは十分評価されていない。あるいは、たんなる怪奇物語として片づけられることもある。

「ひとりひとりが幽霊物語を書こうじゃないか」とバイロン卿はいった。みな彼の提案に応じることにした。そこには四人いた。……私は物語を思いつこうと必死で考えた――この課題に喜んで賛成した仲間たち［の物語］に匹敵するような作品を（"Introduction" 一七七）[1]。

一八三一年版の『フランケンシュタイン』への序文に書かれたこの「四人」とは、もちろんバイロン、バイロンの主治医ポリドーリ、メアリ・シェリー、そして夫のパーシー・ビッシュ・シェリー（以下パーシー・シェリー）のことである。メアリ・シェリーの『フランケンシュタイン』（一八一八）が、スイスのディオダティ荘での怪奇談義に端を発していることはあまりに有名であるが、彼らが滞在中に読んだ民話集『ファンタスマゴリアーナ』（一八一二）の幽霊物語がこの発案を惹起して彼らを怪談づくりに駆り立てたことは、それほど知られていない。シェリーらは、ディオダティ荘滞在中にこのフランス語版を読み耽ったとされている[2]。

メアリ・シェリーが『ファンタスマゴリアーナ』からインスピレーションを得て、その〝霊〟と当時の宗教問題を関連づけた画期的な視座こそ、本章の主たる着眼点である。すなわち彼女の怪奇談義や幽霊物語への関心は、この時代のより大きな科学的、思想的潮流と関連づけて理解されなければならないだろう。

デイヴィッド・グレゴリーは、一八世紀末に勃興したロマン主義が称揚する「感情に訴える」語りの手法と「民話」（folktale）のリヴァイヴァルを関連づけている（Gregory 三五）。シェリーやロマン派詩人たちが慣れ親しんだ物語は一般的に「バラッド」（ballad）と呼ばれ、古くから口承文化によって伝えられた民話の数々である。口承で伝えられていたものが収集され印刷された「伝統バラッド」、大判の紙に印刷された「ブロードサイド・バラッド」などの発行部数は増加し、主に中流階級の読者層の間に広まっていった。ロマンチックなもの、歴史的なもの、政治的なもの、犯罪を描いたものがあり、テーマは多岐に渡る。

イギリス・ロマン派時代の嚆矢、『抒情民謡集』（一七九八）を刊行したワーズワスとコウルリッジの想像力の源泉にもなったトマス・パーシーの『英国古謡拾遺集』（一七六五）は世紀転換期に重要な地位を占めるようになる（Groom 二三六、Gregory 三七）。このバラッド集に追随する形で刊行されたのが、ジョゼフ・リットソンの『ノーサンバーランド詩選集』（一七九三）、マシュー・グレゴリー・ルイスによって六十篇のゴシック・バラッドが集められた『テイルズ・オヴ・ワンダー』（一八〇一）[3]、ウォルター・スコットの『スコットランド辺境歌謡集』（一八〇二）、フランシス・ジェイムズ・チャイルドの『イングランドとスコットランドの民間伝承バラッド集』（一八八二―九八）などである。

また、一七九〇年代に大陸でバラッド・リヴァイヴァルのきっかけとなったのは、ドイツのゴットフリート・アウグスト・ビュルガーによる「レノーレ」（一七七四）で、このゴシック・バラッドは『英国古謡拾遺集』の幽霊物語に着想を得ている（Hoeveler 一六四）。戦場で死んだウィリアムは幽霊となって恋人レノーレの前に現れ、結婚初夜の「寝床」へ導くのだが、彼が連れて行った場所は墓地だったという話である。ゴシックということでいえば、『抒情民謡集』の巻頭を飾ったコウルリッジの詩『老水夫行』は、海上で超自然的出来事に遭遇した老水夫の怪奇物語である。ゴドウィンの娘であるメアリ・シェリーは幼い頃、父が家に招いた友人コウルリッジによってこの詩が朗読されるのを聴いている（St Clair 二九五）。このような歴史的、伝記的視点から眺めると、幽霊物語を聴いたり、語ったりする行為はシェリーにとって目新しいものではなく、むしろ幼少期から慣れ親しんだものであった。

メアリ・シェリーらを怪奇談義の発案へと駆り立てたのは、彼らが滞在中に読んだジャン＝バティスト・ブノワ・エリエスによるフランス語版『ファンタスマゴリアーナ』の幽霊物語である。(4) これは大陸の民話集で、元々ドイツ語で出版されていたものがフランス語に翻訳されたものである。シェリーらはディオダティ荘滞在中にこのフランス語版を読み耽った。たしかに『フランケンシュタイン』は科学の力で「怪物」を創造する物語であり、作品執筆の背景には、バイロンとパーシーらがエラズマス・ダーウィンやガルヴァーニの電気実験について熱く語っていたということがある。また、その創造物が肉体を保有する生き物、クリーチャーであり、一八世紀末の神経医学、生命医学を結集した知によって完成された人造人間であるということを考えても、この小説は幽霊物語にそぐわない印象がある。

しかし、『フランケンシュタイン』は科学的観点から見た生命科学だけを描いているといえるだろうか。この作品には新しさと同時に中世的な世界観（たとえば錬金術への言及）も存在している。さらに、この序文でシェリーは心象に浮かび上がったクリーチャーの姿を、蒼白い顔をした医学生の隣に横たわる「忌まわしい幽霊」（hideous phantasm）[5]（一七九）と書き表している。一九世紀初頭の生命科学論争は唯物主義と心霊主義との間で二極化していたが、科学や医学に傾倒する唯物論者（エラズマス・ダーウィン、ジョン・セルウォール、ウィリアム・ローレンス）でさえ、「動物精気」（animal spirit）や「生命原理」（life principle）を「霊」（spirit）や「神」（creator）という「超自然」の存在と同一視する傾向にあった。[6]

インゴルシュタットで医学生として科学の探究に勤しむヴィクターは人間の手で生命を創造する

ことを夢想するが、このような科学的な行為は神の冒涜行為であることも意識している。自分が行なう実験について「人間の身体に関する恐ろしい秘密」を「神聖を汚す指」(profane fingers)によって侵害し、「ぞっとするような創造」(filthy creation)(*Frankenstein* 三八)であるというヴィクターの語りには、伝承バラッドでもしばしば表現される不道徳な情念・罪・恐怖の感情が顕著に表れている。この小説の面白さは、科学言説と伝承文化が交わるところに生みだされたテクストにあるのではないだろうか。序文や小説のテキストを丹念に読めば「死」「夢」「花嫁」「青白い死体」など、反復された言葉やイメージが多数認められ、シェリーがバラッドの再話を意図して執筆したことも確認できる。

良心の呵責に苛まれるヴィクターが見る夢は、婚約者エリザベスの死を予見している。ヴィクターがエリザベスと偶然再会し思わず抱き寄せるも、口づけをするやいなや彼女の唇は血の気を失い、死の様相を帯び始め、ついには「母親の遺体」に姿を変え「うじ虫」が這い回るという夢である(四〇)。『ファンタスマゴリアーナ』の中でもシェリーたちが最も影響を受けたとされるのが、「死の花嫁」と「家族の肖像」である。同作品にはそれぞれ、花嫁/花婿の死が鮮明に描かれている。

ポリドーリの科学的視点から考察される〈情念〉と〈夢〉

明らかに『フランケンシュタイン』の物語を展開させているものは科学の力によるクリーチャー創造であるが、科学者を駆り立てる情念や想像力もまたプロットの動力となっている。キャサリン・パッカムによれば、一八世紀の科学、哲学、宗教、文学は「感受性、ゴシックと崇高……その他の情動的体験の中心にある生命蘇生（霊）、忘我、生命力、感情の発露といった非物質的なもの」に注視するようになっていった（Packham 一〇）。ジョン・セルウォールの「動物精気の定義に向けて」（一七九三）では、有機的で「物質的」な生命原理が論じられているが、その定義を試みるも、「動物精気」（animal spirit）や「生命力の原理」（vivifying principle）は結局は「精強、精妙で巧緻な性質のもの」と表現されるのみで、その実体は明らかにされていない。(7)「霊」（spirit）という観念自体は消えてしまうというより、むしろ感受性を介して因力をもつ生命運動としてロマン主義思想に広がりつつあった。いい換えれば、科学進歩による世俗化は進んだが、宗教的あるいは超自然的な「霊」の観念は完全に世俗的価値（肉体、物質）に取り込まれたわけではなかった。

先に触れた怪奇談義に、「夢遊症」（Somnambulism）に関する論文をエディンバラ大学に提出したばかりの医師ポリドーリが参加していたことも注目に値するだろう。この論文で、いくつかの夢遊病の症例（たとえば、フランスの『百科全書』から「ボルドーの大司教」の例）に言及しながら、夢を見る行為がどれほど人間の想像力（imagination）に依拠しているかが論じられている（七八三）[8]。怪奇談義の二日前（一八一六年六月一五日）、ポリドーリは「（生命）原理についての会話——人間はたんなる機械として考えられるか」についてパーシー・シェリーと話したとも記録している（リーガー 四六八）。これがまさにメアリ・シェリーが『フランケンシュタイン』でドラマ化する「生命原理の性質」問題である。リーガーも指摘している通り、夢遊病は「動物磁気」（animal magnetism）と関連づけられ、無意識のうちに人間が行動する原理を生命原理に還元され、説明された（四六八―六九）。このように、動物精気や磁気と同様、霊は解明されない因力として想像力の現象に少なからず関わると考えられていた。

まさにこのような医科学思想が渦巻く中、バイロン、ポリドーリ、メアリ、パーシー・シェリーが幽霊話に興じていたとすれば、その主題は必ずしも「幽霊」に限定されるわけではなく、生命起源の問題や人間の抗いがたい「情念」「無意識」「夢」もその延長線上にある。フロイトの精神分析以前の医科学言説において、すでに夢と無意識の議論がなされていたのだ。ポリドーリが一八一九年に出版した幽霊物語『アーネストゥス・バーチトールド』では、トランス状態(無意識の状態)が、霊をめぐる当時の医学言説と同列に扱われている。当時の医学界を牽引していたエディンバラ大学のロバート・ウィットやウィリアム・カレンらによって広められた神経医学は全盛期を迎えていた。一八世紀の神経医学の観点からは、身体の感覚中枢に関係する感覚(sensibility)や、皮膚組織や筋肉が刺激によって伸縮する「敏感性」(irritability)に基づく治療が主だった。ポリドーリは感覚中枢の中心としての脳や、無意識の状態でも行われる脳の生理学的な機能、そして夢の現象などに深い関心を寄せていた。エラズマス・ダーウィンは、この「敏感性」と「感覚能」(sensibility)などの神経の働きは、睡眠中に拡大され、意志の働きが一時停止し、外部からの刺激が取り除かれると説明している(Darwin 二一三)。

シュリー同様、幽霊物語を書いたバイロンの主治医ポリドーリも生命原理や夢を見る現象といった医学的関心と「霊」を結びつけている。ポリドーリが論文のテーマとして選んだ「夢遊症」というテーマは、一見無関係であるように思えるが、アン・スタイルズらも指摘しているように、忘我に類した精神状態(trance-like mental state)が、当時の科学者、医師、芸術家たちにとって特に重要な問題であったことを見ても、至極当然のことだった(七九二)。『フランケンシュタイン』において、ヴィクターが見る夢はその象徴であろう。彼はクリーチャーを創造した後にエリザベスが「母親の遺体」に姿を変え、その遺体に「うじ虫」が這い回る夢を見る。ポリドーリにとってもシェリーにとっても、このような「夢」の描かれ方は、自分の意識、あるいは意志では統制不能なものとして夢を捉える当時の医学言説を反映している。ポリドーリの『アーネストゥス・バーチトールド』の主人公バーチトールドも、ルイーザという美しい乙女に心を奪われるのだが、夢に現れる彼女の健全な姿は、彼女がバーチトールドに近づくやいなやその快活さが奪われ、花のようにしぼんでしまう。

私がついに部屋のソファで眠りに落ちると、夢の中では彼女がちょうど初めて出会ったときのように、健康で頬も赤らみ、精気に溢れて軽快な様子だった。突然、彼女が私のほうに向かって走ってきたと思ったら、私のところにたどり着く前に、花のようにしぼんでしまった。(*Ernestus Berchtold* 一一八)

これは、ヴィクターが見るエリザベスの不吉な夢を連想させる。バーチトールドは、彼女との愛の成就を期待しつつも、「私の夢はいつも不幸な終わり方をする」（同、一〇三）とあるように、彼の夢はそれが報われないことを暗示している。語り手でもあるバーチトールドは、自分に「定められた運命」（the decrees of fate）つまり、彼の未来に何が待ち受けているのか知ることもなく、自分はまるで「生者に囲まれた幽霊」（a spectre amongst the living）のようであった（同、一〇三）、と回想している。

つまり、生命科学がテーマである『フランケンシュタイン』のもう一つのテーマが「夢」であるのも、医学的見地からすれば、論理的ですらあるということだ。

伝承バラッドと幽霊物語

口承で伝えられてきた物語という以外は「伝承バラッド」の厳密な定義は難しいが、これを形容する言葉としてよくもちいられるのが「荒削りで野生的」や「粗暴な力強さ」である。ニック・グルームがバラッドの典型的なものとして挙げるテーマ、「戦い」「乱暴に切るつけること」「殺害」「愛がもたらす災い」を見ても（Groom 四五）、知性や優雅さに特徴づけられる一八世紀文化とは正反対の性質を有しており、人間本性の「根源的な情念」をそのまま表現するようなジャンルであるといってよい（Beers 一九四）。

もちろん、これはテーマに限ったことではなく、『英国古謡拾遺集』などに収録されている伝承バラッドが物語の起源から切り離されているという点においても、本質的に「荒削り」「断片」であることを余儀なくされている。バラッドは「完全体」（whole）を維持したまま発見されることはほとんどなく、編纂者はそれらを収集して、手を加えることによって物語として「蘇らせる」のである。スーザン・スチュアートはこの起源からの分離と蘇生を以下のように説明している。

［バラッドの］一節はまるで切断された頭である。その声の権威はそれ自身に根ざしており、そこにその力強さと、同時に限界がある。その［バラッドの］一節は歴史と伝統の声で語るが、その声は「すべての時間と場所」を代弁しており、それが生まれた文脈――本当らしさをあたえた文脈――やもともとの解釈から切り離されてしまっている（Stewart 一九）。

スチュアートが示す「力強さ」はおそらく、「歴史」や「伝統」から切り離された出来事、逸話、

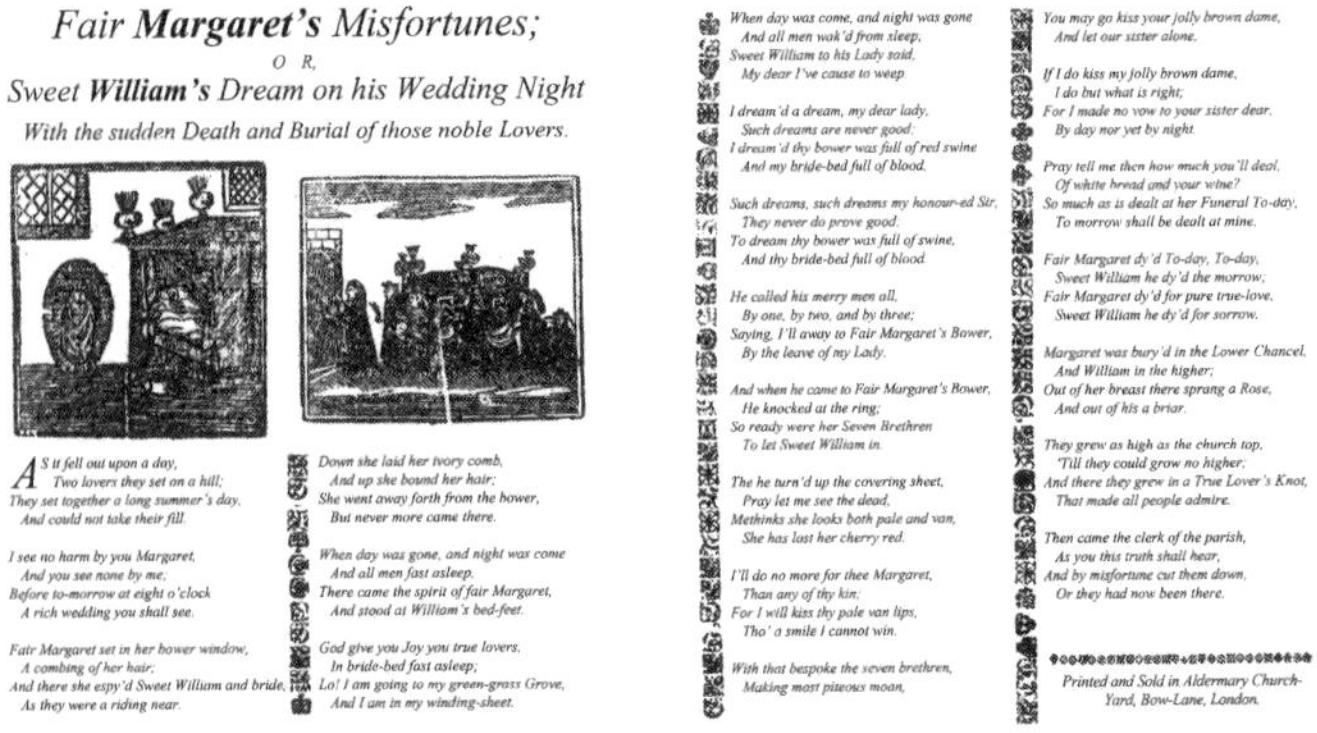

Fair **Margaret's** Misfortunes;
O R,
Sweet **William's** Dream on his Wedding Night
With the sudden Death and Burial of those noble Lovers.

AS it fell out upon a day,
  Two lovers they set on a hill;
They set together a long summer's day,
  And could not take their fill.

I see no harm by you Margaret,
  And you see none by me;
Before to-morrow at eight o'clock
  A rich wedding you shall see.

Fair Margaret set in her bower window,
  A combing of her hair;
And there she espy'd Sweet William and bride,
  As they were a riding near.

Down she laid her ivory comb,
  And up she bound her hair;
She went away forth from the bower,
  But never more came there.

When day was gone, and night was come
  And all men fast asleep,
There came the spirit of fair Margaret,
  And stood at William's bed-feet.

God give you Joy you true lovers,
  In bride-bed fast asleep;
Lo! I am going to my green-grass Grove,
  And I am in my winding-sheet.

When day was come, and night was gone
  And all men wak'd from sleep,
Sweet William to his Lady said,
  My dear I've cause to weep.

I dream'd a dream, my dear lady,
  Such dreams are never good;
I dream'd thy bower was full of red swine
  And my bride-bed full of blood.

Such dreams, such dreams my honour-ed Sir,
  They never do prove good.
To dream thy bower was full of swine,
  And thy bride-bed full of blood.

He called his merry men all,
  By one, by two, and by three;
Saying, I'll away to Fair Margaret's Bower,
  By the leave of my Lady.

And when he came to Fair Margaret's Bower,
  He knocked at the ring;
So ready were her Seven Brethren
  To let Sweet William in.

The he turn'd up the covering sheet,
  Pray let me see the dead,
Methinks she looks both pale and van,
  She has lost her cherry red.

I'll do no more for thee Margaret,
  Than any of thy kin;
For I will kiss thy pale van lips,
  Tho' a smile I cannot win.

With that bespoke the seven brethren,
  Making most piteous moan,

You may go kiss your jolly brown dame,
  And let our sister alone.

If I do kiss my jolly brown dame,
  I do but what is right;
For I made no vow to your sister dear,
  By day nor yet by night.

Pray tell me then how much you'll deal,
  Of white bread and your wine?
So much as is dealt at her Funeral To-day,
  To morrow shall be dealt at mine.

Fair Margaret dy'd To-day, To-day,
  Sweet William he dy'd the morrow;
Fair Margaret dy'd for pure true-love,
  Sweet William he dy'd for sorrow.

Margaret was bury'd in the Lower Chancel,
  And William in the higher;
Out of her breast there sprang a Rose,
  And out of his a briar.

They grew as high as the church top,
  'Till they could grow no higher;
And there they grew in a True Lover's Knot,
  That made all people admire.

Then came the clerk of the parish,
  As you this truth shall hear,
And by misfortune cut them down,
  Or they had now been there.

Printed and Sold in Aldermary Church-
Yard, Bow-Lane, London.

図版５　「マーガレットの不幸、あるいは愛しい初夜におけるウィリアムの夢」
http://ebba.english.ucsb.edu/ballad/31059/transcription

視覚描写だけを語ることのインパクトを意味しているのだろう。グルームによると、スチュアートの引用にある「切断された頭」とは、さまざまな時代のバラッドが「破片」(shards)の状態で発掘されるという比喩化されたイメージであり、これは多くのバラッドに散見されるという(Groom 四九—五〇)。たとえば、同時代の民話編纂者ウィリアム・シェンストーンによって書かれ、のちに『英国古謡拾遺集』に収録されることとなったバラッド詩「ジェミー・ドーソン」では死体の部分に焦点が当てられている(Groom 一〇八)。戦いで命を落としたジェミー・ドーソンの亡骸と対面する恋人が見るのは、彼の「切断された美しい首や手足」である(Percy 第一巻二七八)。パーシー同様、民話の部分を集めていたシェンストーンが書いたのがバラッド詩であることは――意図したかどうかはさておき――興味深い事実である。

では、「情念」や「愛がもたらす災い」を描いた古典的なバラッドの例を見てみよう。ビュルガーの「レノーレ」の着想の源ともなった「ウィリアムの幽霊」は、タイトルにバリエーションが加えられながらも、長く語り継がれているバラッドのひとつである。不実なウィリアムの前にマーガレットの霊が現れ、「これから墓地に行く」と告げる。その直後にウィリアムがいる夢では「花嫁の寝床が血で染まっている」（Percy 第三巻 一〇七頁三行目）。マーガレットの死の啓示を受けた彼はマーガレットの家に赴き、青白くなった遺体と対面する。

ゴシック小説は、バラッドのテーマを継承したものが多い。小説中に用いられるバラッド的テーマ（戦いと死、異界と呪い、超自然と苦悩）は、ゴシックの悲劇を高める素材として機能している。たとえば、アン・ラドクリフの『イタリアの惨劇』（一七九七）で、スパラトロ（悪漢スケドーニの手下）にみずからが手を下した殺人の記憶（「血に染まった手」）が蘇ったとき、亡霊が現れ、スパラトロは罪悪感に苦しむ。ホレス・ウォルポールの『オトラント城奇譚』（一七六四）は亡霊と呪いの典型例である。ここでは、亡霊の出現は「先祖の罪」を象徴し、それを継承する「けがれし一門」の証となる。悪漢マンフレッドが物語の最後で語るように、簒奪者となった祖父リカルドの罪の「代償」として、その末裔のコンラッドもマチルダも死に絶える。

メアリ・シェリーのゴシック小説にも、バラッドを下敷きにしていることがわかる一節が序文に明記されており、彼女たちが読んだ『ファンタスマゴリアーナ』に収録された幽霊物語、「家族の肖像」に出現する「巨大な」亡霊が紹介されている。

罪深きある氏族の祖の物語がある。彼の悲惨な宿命とは、彼の家系に生まれた長男以外の子息らは、末頼もしい年頃になると、死の接吻を受けなければならないというものだ。鎧で身を固め面頬《めんぽお》をつけたハムレット［に登場する］幽霊のように、真夜中になると月の断続的な光に照らされて陰鬱な並木道をゆっくり歩いてくる彼の巨大で気味の悪い姿が目撃された。（Shelley, "Introduction" 一七七）

この先祖は死してなお、鎧姿の幽霊となり幼き子孫たちに「死の接吻」をあたえ、自分の罪を償わねばならない。この場面は、「家族の肖像」の主人公フェルディナンドが幽霊に遭遇する場面である。

そもそもフェルディナンドがこの幽霊物語を語ることになるのは、偶然立ち寄るパーティで、「ひとりひとりが幽霊物語を語らなければならない」（"The Family Portrait" 一七四）状況が用意されているからだ。ディオダティ荘での怪奇談義を誘発したのではないかと思わせるような一節である。

フェルディナンドは、パーティの参加者に向かって語る。彼が若かった頃、ある城に住む友人に招かれ、そこに滞在することになった。彼は、友人の幼い弟たちが控えの間に飾られている先祖の肖像画にひどく怯えていることに気づく。しばらくしてこの鎧姿の肖像画とそっくりの幽霊が現れ、弟たちの額にキスするところを目撃する。後になって明らかになるのだが、この亡霊は何百年も前に生きていたディトマーという男で、過去の罪を贖うために子孫の命を奪っているのだ。

ヴィクター・フランケンシュタインは、クリーチャーのことを「墓地から解き放たれてしまった自分の霊」と形容している。まさにディトマーが幽霊になって自分の子孫を殺すために戻ってくるように、クリーチャーも「自分［ヴィクター］にとって大切な人を殺す」（*Frankenstein* 五五）ために戻ってくる。ここで初めて、「氏族の祖」が罪の贖いのために無実の家族に死をもたらすというプロットが響きあう。

「不実の恋人の物語」として読む

バラッド・リヴァイヴァルはイギリスだけでなく、大陸にも広がっていた。先に触れた通り、シェリーらは、ドイツ語からフランス語に訳された『ファンタスマゴリアーナ』を読んだ。プロットを踏まえると、シェリーが前述の「家族の肖像」を念頭において『フランケンシュタイン』を執筆したことは明らかである。

ところがシェリーは序文で、この物語を「家族の肖像」ではなく、「不実の恋人の物語」（The History of the Inconstant Lover）と書き表している（"Introduction" 一七七）。ジェイムズ・リーガーは、これをシェリーの「記憶違い」であると指摘する（Rieger 四六五）。たしかに恋人を裏切った男がその幽霊に報復される物語は別にあり、それが「死の花嫁」である。

「家族の肖像」と同様、「死の花嫁」の主人公は――バラッドによく見られることだが――語り手でもある。この（名前はあたえられていない）語り手は、ボヘミア（チェコ西部）に居を構えるリエパ伯爵を訪ねていた。彼もまた超自然的な出来事をホストである伯爵とそのゲストに語り聞かせている。しかも、彼は自身の職業を「民話の編纂者」であるといい、「恋人たちに互いを裏切らせる霊」の物語のとりこになっている（"The Death-Bride"二二九）。

語り手は、リエパ伯爵の屋敷に滞在している間に、マリノ公爵と出会う。公爵は、リエパ伯爵の娘イーダの美しさに魅かれてはるばるイタリアからやってきたのだ。公爵とは以前イタリアで会ったことがあり、そのとき彼はアポローニャという花嫁を迎えることになっていた。彼にそのことを尋ねると深いため息をついたので、語り手はアポローニャの「不実な罪」（同、二〇七）が理由で離縁でもしたのだろうと推測する。ところが、この滞在中、不実であったのはマリノ公爵であったことが次第に明らかになってくる。

この幽霊物語のクライマックスは、二度訪れる。一度目は、語り手が伯爵とそのゲストに話して聞かせる物語の中で、フィリッポという男性の心変わりゆえに死んでしまった女性クラーラの亡霊が現れる場面である。この亡霊のせいでフィリッポの「動揺」は次第に顕著になっていき、それはカミーラという別の女性との「結婚式の日に指定された朝には頂点に達した」（同、二二二）。フィリッポは挙式の前に「激しい痙攣」を起こし、息絶えてしまう。

二度目は、この物語を耳にしたマリノ公爵自身が同様の死をとげる場面である。結婚式を無事に終え「幽霊も霊魂もここにはいない」と安心したマリノ公爵は、語り手に「先走って喜んではいけませんよ。災いが作用するのには時間がかかるのですから」と忠告され、黙り込んでしまう（同、二二六）。その後、語り手はリエパ伯爵らとともにマリノ公爵の死体を寝室で発見する。

「死の花嫁」は不実の罪の贖いとして「死」がもたらされる恐ろしい宿命を描いたバラッドである。シェリーの「不実の恋人の物語」という表記は、「死の花嫁」のプロットを想起させる。しかし、「家族の肖像」でフェルディナンドが明らかにするディトマーの過去も、やはり「愛がもたらした災い」なのである。

フェルディナンドは、ディトマーの末裔でもある友人の臨終に立会った際に、すべての秘密を打ち明けられる。ディトマーの婚約者であったバーサとブルーノ伯爵を結婚させようとした皇帝がディトマーを塔に監禁している間、地位と財力を手に入れたいというディトマーの野心と、バーサがブルーノに靡《なび》いたという噂も手伝って、ディトマーはバーサを裏切ってしまう。そのうえ、バーサとブルーノ伯爵との間にできた男子に「死の接吻」をあたえ、「毒殺」してしまう。一方、バーサはブルーノ伯爵に捨てられ、正気を失い悲しみにくれて死んでしまう。この罪のおかげでディトマーは、死してなお亡霊となって徘徊することを宿命づけられる。彼は、長子以外の自分の子孫にはすべて、「死の接吻」をあたえ続けなければならない。この呪いから解放される唯一の方法は、彼の子孫が死に絶えたときに、「アダルバート・ドゥ・メルセイム」（"The Family Portrait" 一九二）という人物（バーサの娘の結婚相手）の末裔に家督を継がせることである。その末裔というのが、驚くべきことにフェルディナンドであった。物語は彼と友人の妹エミリーとの結婚で大団円を迎える。

このように「家族の肖像」もまた野心のために恋人を裏切ってしまう「不実の恋人の物語」であることに変わりはない。リーガーが「死の花嫁」の間違いであると指摘したのは、シェリーが「タイトル」を誤って表記したと、おそらく仮定したからであるが、もしシェリーが「不実の恋人の物語」というフレーズを、複数の伝承物語を束ねるひとつの指標、形容方法として用いたのだとすれば、必ずしも誤りとはいえないだろう。

これまで批評家が指摘しているように、バラッドはその性質上「断片」にすぎず、語り手や編纂者が再統合することによって物語の統一体が立ち現れる。小説『フランケンシュタイン』自体も、複数の物語の「寄せ集め」でできた再話ともいえ、ちょうどクリーチャーが死体の寄せ集めであるのに似ている。この小説の特徴が複数の物語が集められたことを見てもわかる。探検家ウォールトンの手記の中に、ヴィクターとクリーチャーの語りが入れ子式になって織り込まれている。「死の花嫁」でも伝承物語が語り継がれる過程でその姿を変えていくことに言及されている部分があり、『フランケンシュタイン』の「口から口へ」と語り継がれる構造を想起させる。

……私がその国を去る前、「死の花嫁」に関連する情報のすべてを村で収集することに余念がありませんでした。ただし、その［物語の］歴史を辿ると、口から口へと語り継がれる過程で、さまざまな改変を強いられてきたようです。（"The Death-Bride" 二二九）

印刷技術の発達や流通の増加により、口承文化は次々とバラッド集に織り込まれ、国境を越えヨーロッパ中（少なくともドイツやフランス）に広がっていた。『ファンタスマゴリアーナ』をマクシミリアン・ヴァン・ウォウデンベルクが「旅するテクスト」（travelling text）と呼ぶのには、バラッドが翻訳され増殖して拡散する速さが生みだす文化の相互浸透性が背景にある。

〝フェミサイド〟の再話としての『フランケンシュタイン』

シェリーはこのような大陸のバラッドに触れ、トマス・パーシーのバラッド、ビュルガーの「レノーレ」、『ファンタスマゴリアーナ』などに共通して見られる強烈なモチーフ——結婚初夜の死、贖えない罪——に魅かれたのではないだろうか。まず、マリノ公爵とヴィクターの結婚初夜のそれぞれの場面を見てみよう。

伯爵が案内してくれた寝室では恐ろしい光景が私たちを待っていた。そこで［マリノ］公爵が床に横たわっているのを発見した。彼には生命を感じさせる兆候はひとつもなかった。彼はぞっとさせる歪んだ表情をしていた。（"The Death-Bride" 二二八—二二九）

ヴィクターは自分がクリーチャーの標的であると思い込んでいたが、実際に寝室で殺害されたのは何の罪もないエリザベスであった。この死体が発見される場面は、マリノ公爵の寝室から着想を得たのではないか。

エリザベスは命がつきていて、生命が宿っていない状態でそこにいた。ベッドに横たわっており、頭はたれていた。そして、青ざめた歪んだ顔は半分髪で隠れていた。(*Frankenstein* 一五〇)

生命の兆候がないマリノ公爵の描写と、生命が宿っていないエリザベスの描写はよく似ている。それぞれが幽霊、あるいはクリーチャーを目にした後、恐怖のあまり顔を歪めた状態で亡くなっているという共通点もある。つまりヴィクターの語りは、「寝室に現れる霊は報復のためにやってくる」という幽霊物語の古典的な語りを反復している。

しかし、「死の花嫁」で幽霊に報復されるのはマリノ公爵であって、その結婚相手ではない。ここで作者シェリーは再話者として、ヴィクターに幽霊物語の結婚初夜の場面を思い浮かべさせている。彼が想定する物語の結末は「女」の死ではなく、マリノ公爵といった罪深き「男」の死である。しかし、実際にクリーチャーの手にかかるのがエリザベス(女)や弟ウィリアム(子供)であることを考えると、男の野心のために家族が犠牲となる「家族の肖像」の系譜をも読みとることができ、その場合、クリーチャーは、ディトマーのような幽霊と同じ役割を果たす。シェリーの母親であるウルストンクラフトの『女性の虐待』のテーマ、つまり被害者としての女性たちに自然と目が向けられるような再話である。

『フランケンシュタイン』を「家族の肖像」の再話として見なしうるもうひとつの理由は、ディトマーの恐ろしい肖像画の創造場面である。亡霊は、肖像画に吹き込まれた「霊魂」が起源とされている。つまり、肖像画のディトマーと「霊魂」（spirit）（"The Faimily Potrait" 一九七）とが同一視されている。これはちょうど、ヴィクターが死体をよみがえらせる創造のプロセスを想起させる。ヴィクターは「火花を吹き込む」（infuse a spark）ことで、死体の断片を集めたモノに「霊魂」を宿らせようとするが（*Frankenstein* 三九）、「火花」は電気だけでなく、人間の生命、あるいは宗教的意味を帯びる言葉としても用いられていた（*OED*）。ここには、エラズマス・ダーウィンやガルヴァーニが実験を繰り返した「電気」と「(動物）精気」との関係性が十分に暗示されている。

このディトマーの肖像画は、画家の手で何度も描きなおされる。しかし、毎晩「不思議な手」が現れその肖像画を「死の恐ろしい表情」に変えてしまう。昼間画家が意識的に修正する肖像画が、霊によって塗り替えられていくプロセスは、『フランケンシュタイン』の創造過程にも霊感をあたえているかもしれない。シェリーはヴィクターにクリーチャーの創造を「私の深夜の労作」(my midnight labours)(*Frankenstein* 三七)と表現させており、「家族の肖像」で画家が目撃する「手」の「夜の仕事」(nocturnal labour)(“The Family Portrait” 一九六)を模しているようでもある。

「怪物」の創造

『フランケンシュタイン』は、幽霊物語に新しい命が吹き込まれた再話として読める。最先端の生理学や生命科学に精通していたパーシー、メアリ・シェリーにとって、「スピリッツ(霊)」や「ファンタズム(亡霊)」は両義的な言葉である。一九世紀初頭、「霊」は「魂」(soul)なのか、実証主義的に解明できる「電気」(electricity)なのかをめぐって、宗教的論争が巻き起こった。

パーシー・シェリーの主治医ウィリアム・ローレンスと議論を闘わせたジョン・アバネシーは、イングランド王立外科医師会に属する保守的な立場から、人間の身体は、「霊」あるいは「生命」が宿らなければ動きださないモノであると述べた。[9] ヴォルタの実験など、電気を人間の身体生理学を説明するための「比喩」としてもちいながら、「霊」(spirit)の実態は科学的に追及していない(九四

–九五)。彼は「霊」を身体組織に「付加される」(superadded)魂のようなものと考えていた。当時世間を賑わせたヴォルタの実験(動物の手足に電気を通して、人体に伝導性があるか)にも言及しているものの(Abernethy 六九–七九)、人間の動力を物質には還元しなかった。ジョン・ハンターが唱える霊の非物質主義を擁護しながら、生命原理とはすべてのものに浸透するような「精緻な物質」(a subtile substance)であると論じている(同、五一)。

シェリーは解剖学的なまなざしで身体を捉える近代的な語り手でありながら、「霊」が名状しがたいオカルト的存在であることも十分理解していた。『フランケンシュタイン』に描かれた幽霊(クリーチャー)はこの医学言説の矛盾を投影している。バラッド・リヴァイヴァルの絶頂期、数々の伝承バラッドは多感なシェリーの想像力の大いなる資源のひとつとなったであろう。バラッドは、元の物語やそれを生んだ歴史の文脈から切り離され、「断片」となった状態で発掘される。「死の花嫁」はとくにそれを意識した物語となっており、フィリッポやマリノ公爵の事件が繋ぎ合わされてできている。「家族の肖像」もフェルディナンド自身の物語とディトマーの呪いの物語が組み合わさって、初めて物語として成立している。

『フランケンシュタイン』も、バラッドの幽霊物語特有の「結婚式初夜」の場面や死体の「歪んだ表情」といったイメージを拝借したりしている。そうした「破片」を借りつつも、シェリーは古い物語に女性が暴力の被害にあう、現代においては〝フェミサイド〟と呼ばれている新しい物語を吹き込む「語り」の創造性も忘れてはいない。それは、たとえば「肖像画」と「亡霊」という素材を「家族の肖像」という物語から切り離し、ヴィクターのクリーチャーという新しい創造物に接木するプロセスからもうかがえる。「民話編纂者」としてのシェリーの小説の語りに注目すれば、序文に言及される「幽霊」や彼女が不用意に用いているように見える「不実の恋人の物語」といった言葉がすべて、一本の糸で繋がっていることが明らかになる。ロマン主義とバラッド・リヴァイヴァルとの関係性について再考することは、『フランケンシュタイン』に新たな「怪物」創造の視点をあたえてくれる。

第6章 マチューリン『放浪者メルモス』

家父長的な結婚を問う

チャールズ・ロバート・マチューリンの代表作『放浪者メルモス』（一八二〇、以下『メルモス』）は、きわめて複雑なプロットをもつだけでなく、複数の断片的な語りが組み込まれたゴシック小説である。これらの異なる物語を主人公メルモスのサタン的な存在が束ねている。国境を越えるだけでなく、建物の壁も軽々と通り抜けて移動する身体をもつメルモスの怪奇現象こそ、国民国家が形成、拡大されていったロマン主義の時代背景と重ね合わせることができる。一八〇一年のイングランドとアイルランドの併合からおよそ二十年後にアングロ・アイリッシュ作家のマチューリンによって書かれた『メルモス』から、どのようなまなざしを読みとることができるだろうか。

アイルランドのダブリンに住むジョン・メルモスという学生が危篤の伯父を訪ねるところから物

語は始まる。その家には「メルモス」と書かれた先祖の肖像画がかかっていた。不可解なことに、そのメルモスという先祖は長い年月を経ても生き続け、今でも壁や国境に阻まれることなく自由に移動し、他者の人生に介入し続けている。見方によっては、国を越境し領地を拡大しつつあった大英帝国の「政体」(body politic)、すなわち国家身体の寓話として解釈することもできるかもしれない。作者マチューリンが当時すでに弱体化しつつあったアングロ・アイリッシュの共同体に属するプロテスタントの牧師であったことを踏まえるなら、大英帝国側からの視点を考えるよりも、イングランドとアイルランドとの間に生じた複雑な政治状況やアイデンティティの両義性と結びつけて解釈するのが妥当であろう。

『野生のアイルランド娘』のグローヴィーナと『メルモス』のイマリー

アイルランドがイングランドに併合され、その議会が廃止されたあと、大衆誌などはこぞって「併合」(union)を家父長的イングランドとその妻のようなアイルランドとの「結婚」であると評した(Hansen 三五四)。ジェイン・エリザベス・ドアティによれば、「結婚としての併合」の比喩は「疑いの余地なく異性愛」のそれであった。人々の想像力において、この家父長的な結婚は、アイルランドに「保護と正統性」を保障したが、実際のブルジョワ階級の結婚において妻がそうであるように、自立する権利（主権）はあたえられなかった（Dougherty 二〇三）。

マチューリンの政治的な批評は、おそらくオーウェンソンだけでなく、同時代作家のマライア・エッジワースらによる小説を強く意識している。ジャクリーン・ピアソンが主張するように、マチューリンは、『野生のアイルランド娘』のグローヴィーナやエッジワースの『ベリンダ』のヒロインの例に倣って、共感力があるだけでなく知性溢れる女性たちを創造した。マチューリンが当時注目度の高かった『野生のアイルランド娘』のタイトルを意識して刊行した『野生のアイルランド男』（一八〇八）については、彼が成功を手に入れようとして「模倣した」と揶揄する批評家がいるくらい、この二作品は並列に置かれてきた（Pearson 六四二―四九）。たしかに、『野生のアイルランド男』はアイルランド問題に言及はしており、じっさい主人公がアイルランド併合を批判している箇所もあるのだが、この小説を精読してみると、「アイルランド小説」に分類されるほどアイルランド問題、あるいは植民地主義的な他者を主題化しているわけでもない。

『野生のアイルランド娘』に登場するイングランド人ホレイシオとアイルランド人グローヴィー

ナの結婚という表象をより忠実に擬《なぞら》えている、あるいは、より翻案的な作品はむしろ怪奇小説の『メルモス』のほうであり、メルモスとイマリーの結婚にこそ政治的な寓意がより色濃く表れている。『野生のアイルランド娘』のグローヴィーナと『メルモス』のイマリーのパラレルも注目に値する。「自然の子」（*The Wild Irish Girl*、以下 *The Wild* 一六〇）と呼ばれるグローヴィーナは、彼女が「エデン」と呼ぶイニスモアの美しい自然をよく散歩する（同、一四〇）。ホレイシオは彼女に「雰囲気や外見にもどこか野生の美しさがある」という印象をもっている（同、六五）。また、グローヴィーナがゲール族のケルトを代表するアイルランドの最終的な住民でもあるミレー族の末裔である点において、イングランド人のホレイシオとの恋愛を経た結婚は、調和をなす二国間の併合というイデオロギー的な役割を帯びる（Pearson 六四三）[1]。

グローヴィーナのように、『メルモス』のヒロイン、イマリー（のちにイシドーラ）もまた「自然」と結びつけられた生命力に溢れ、インドで難破した船に乗っていたために島で野生児として育ったスペイン女性である。ただし、インドの島があたえた自然環境で動植物とともに無垢なまま大人に成長したイマリーにとって、男女の愛の結晶としての結婚は決して「自然」な状態ではない。彼女は水面に映しだされる自分の姿を唯一の「友人」と思い込んでおり、そこには「男」「女」という異性の概念、あるいは家父長的な制度への認識は存在しない。つまり、メルモスに「水のなかにいる」と彼女が説明する友人は水面に映る自分の姿なのである。メルモスがその友人は「男性か、女性か」と尋ねると、「それは何？」と聞き返す（Maturin 三一六）。このナルキッソスのパロディともいえる対話場面は、メアリ・シェリーの『フランケンシュタイン』とも比較できる。被造物であるクリーチャーが水面に映しだされる自分の姿の醜さに驚愕する場面は、創世記でイヴが食べてしまう知恵の実を想起させる。自分が他者の目にどう映っているかという〈知〉は〈無垢〉の反対語としてのウィリアム・ブレイク的な〈経験〉を意味する。フランケンシュタインのクリーチャーは、経験や読書を通して〈知〉を蓄積していく。マチューリンはインドの島で発見されるイマリーをあえて無垢の状態にある中性的な存在として描き、ナルキッソス神話の書き換えを行なっているのだろう（Berman 七〇）。

矛盾するようだが、じつはイマリーとグローヴィーナの近接性がとりわけきわだつのは、感受性と結びつけられる知性である。一八世紀以降の経験主義独特の知性についての考え方は、人間はみずからの経験によって外界からの刺激から受ける感覚印象（sense impression）によって観念（idea）を蓄積していくというものだ。つまり、感受性の強い登場人物は五感を通してさまざまな刺激を受けながら、知を獲得していく。グローヴィーナは読書家で、とりわけ言語能力や詩への感性は突出している。インドの島で育ったイマリーも、洗練された文化を学びたい、さまざまな経験を通して「苦しみ」(suffering)を感じたいとメルモスに懇願し、故郷であるスペインに帰還することになる(*Melmoth the Wanderer*、以下 *Melmoth* 三一九)。しかしながら、文明を誇るマドリッドで生活しても、名前をイシドーラに改名しても、イマリーはその洗練された文化に馴染むことができない。

オーウェンソンのグローヴィーナも、マチューリンが描いたかつては野生児だったイマリーも、あきらかに帝国主義的な視点からは「他者」として映る。しかし、この二人の表象のされ方には決定的な違いがある。イングランド人のホレイシオからも積極的に学問を習得する意欲のあるグローヴィーナとは異なり、イマリーは、スペインの文化と調和することを拒絶する。言語や礼儀作法、宗教(カトリック教)といった新しい文化環境をいったん受容はするものの、最終的にそれらとの完全な同化を拒否するのだ。さらにいうと、マチューリンは「結婚=併合」をオーウェンソンほど肯定的に表象していない。より具体的には、ホレイシオの父親は「関心と感情において達成される国家融合は、派閥の対立の厳しい二者の関係というより、元から自然に結びついている二者の関係であり、予言的なほどの典型例なのである」といい(二五〇)、ホレイシオとグローヴィーナの結婚がその「自然」な結びつきの象徴であることを強調している。
他方、イマリーはスペインで受けた教育のおかげで「繊細で女性的な趣味を備え」るようになったにもかかわらず、インドの「音楽と太陽の島」で彼女が足を踏み入れた「花畑の一角」は「知を誇るヨーロッパ大陸と等価値であり」、島を離れたことに深い後悔の念を抱いている（*Melmoth* 三八一―八七）。

［文明の恩恵を］みずから望んで手に入れたですって！　いいえ。彼らは私を捕まえて、ここまで引きずって私をキリスト教徒にしました。彼らは私の魂の救済、将来の私の幸せのためだといいました。そうでしょうとも。だって、私はそれ以来あまりに惨めで、きっと私が幸せになれる場所が別にあるに違いないと思っているくらいですから。（同、三八一）

先行研究においてイマリーのこの無垢状態への退行願望は多様に解釈されてきた。たとえば、ジャクリーン・ピアソンは、近代文明、知性の蓄積の恩恵に預かっているにもかかわらず、それを拒絶する彼女を、「変革する力の欠如」の象徴として解釈し、相対的に、オーウェンソンが描くグローヴィーナの「結婚＝併合」への「個の欲望」（individual desire）を「積極性」として評価している。

イマリーは知性を手に入れはするが、マライア・エッジワースの女性登場人物の類型でいうと、『アンニュイ』（一八〇九）に登場する、教育もしつけも歯が立たないある種の「野生」を備えたエリノアに似ている。ただし、エッジワースに怠惰という否定的なレッテルを貼られてしまうエリノアと根本的に違うのは、イマリーの野生的な側面、あるいは情熱《パッション》はマチューリンによって賛美の対象となることだ。

孤高のメルモスが、イマリーとの接触により人間性を回復してゆくことを見れば、彼女の情熱はむしろ好ましい影響を及ぼしている。ただし、秘密裡に行われる二人の「結婚式」は正統性（legitimacy）を欠いており、物語には両義性が生まれている。父親を殺害し、牢獄で妹が死にゆくのを放置する冷酷な人物としても描かれるメルモスは「サタンの弟子」であり、彼の運命を引き受けてくれる者はいない。罪の意識を背負ったメルモスと結婚することは、イマリーにとって家族を裏切ることを意味していた。また、彼女の極端に自己犠牲的な愛には不穏さえ感じられる。

楽園喪失——イマリーとモンカーダの「無常」

メルモスとイマリーの結婚がゴシックの不穏さを帯びて描かれている点は、おそらくその結婚の非正統性、あるいは罪の意識と無関係ではない。洗練された教養を手に入れたにもかかわらず、イマリーは正統と見なされるような結婚を選ばない。彼女は社会的地位やそれがあたえる正統性とは異なる価値観で生きている。それを象徴するのは、「過去の私には戻れない」という彼女の言葉である。

今の私という存在の内に湧き上がるすべての感情、過去のすべての記憶を消滅させてほしい。なぜ過去の思考が心に去来するのか。（過去の記憶は）かつては私に幸福感をもたらしたのに、今となっては私の心を傷つける棘と化してしまった。私自身は変わってしまうのに、過去の記憶がもつ力はなぜ失われないのでしょう。もはや私は過去の私には戻れないのです。（*Melmoth* 三七八）

インドの島での楽園は、失われたが記憶にとどまっている。そして、それに、スペインに移ってからの自分自身の変化と乖離すればするほど苦しめられるというのだ。これこそが、医科学言説と深い関わりがあり、ロマン主義思想の根幹にある人間の「無常」である。

生というものは細胞の末端まで恒常的に変化し続けるものであるため、死すべき者すべてが逆らえない宿命なのである。人間も当然死にゆく運命にある肉体をもつ。このような生物学的な変化や生命の神秘の解明に囚われたのは医学者——エラズマス・ダーウィン、ジョン・アバネシー、ウィリアム・ローレンス、ジョン・ブラウンら——で、彼らの医科学言説に通底するものであった。フランスでも同様の関心が高まっており、医学者マリー・フランソワ・グザヴィエ・ビシャや、歴史家コンスタンタン＝フランソワ・ヴォルニーなどがその代表格であろう。この生命探求の主題はメアリ・シェリーの小説『フランケンシュタイン』に見事に昇華されている。元々この「無常」(mutability)は「変化する」(mutable)という意味であり、主人公のヴィクター・フランケンシュタインが科学の力で抗おうとした、まさにそのものであった。病や老いによって人間の肉体は弱体化するため、死は必至である。ヴィクターの実験が成功したことにより、その「無常」すなわち「変化のしやすさ」という影響を受けない強靭な肉体をもつ被造物《クリーチャー》が誕生した。しかし、皮肉なことに、その行いによって迎える悲劇的な顛末は、ヴィクターがもっとも守りたかった家族の死であった。

最先端の医学の知識を吸収していたのは、メアリの夫でロマン派詩人のパーシー・シェリーも同じである。彼は「無常」("Mutability")と題した詩を書いた。『フランケンシュタイン』で、被造物は自分を無責任にも放置して逃げてしまったヴィクターに復讐するため弟ウィリアムを殺害する。ヴィクターが大切な家族を失った後、死にゆく運命にある人間の儚さに絶望する場面がある。ちょうどその場面で、パーシー・シェリーの詩「無常」の詩句が引用される。「人の昨日は人の明日とは決して似ることはなく／変化による無常以外に人が知るものはない！」医科学的な見地から人間の身体への関心をもっていたシェリー夫妻にとって、「無常」は人間が死に向かって身体が変化し続けることを意味していた(*Frankenstein* 七三)[2]。

一八世紀の医科学言説は、デカルト的理性では制御できない人間の生理学的変化を強調した神経学が支配的であった。医学史研究者のルドミラ・ジョーダノーヴァによれば、ヴォルニーの『自然の法則——または道徳律』は厳密にいえば医科学文献の範疇には入らないが、その当時の西欧の医学的な主題を理解するには最適なテクストである(Jordanova 一二)。人間の内なる「自然」というものは、元来「理性」とは関係なく進行するもので、たとえば「他者の感覚作用が自己にも影響を及ぼし、それによって快楽や痛みという共感を引き起こすような刺激があたえられる」(Volney, *The Law* 四二)。『フランケンシュタイン』で被造物が読んだ『滅亡、あるいは諸帝国の興亡概論』(一八一一)がヴォルニーの著作であったこととも大いに関係するだろう。『滅亡』では、当時流行していたヨーロッパ/キリスト教徒を序列の頂点においた人種の分類法をことごとく否定している。[3] ヴォルニーによれば、上エジプトの前身であるエチオピアの人々(黒人)は、アルファベットとヒエログリフの両方を使用するほどの文明社会を育んでいた(Volney, *The Ruins* 一八八-八九)。文明は白人のキリスト教社会から発生したわけではないという主張は、いわば西洋中心主義への批判の表明ともなっている。

ロマン主義時代の文脈で重要なのは、奴隷制廃止運動の反帝国主義思想が盛り上がりを見せていたことである。このような急進思想に対抗したのが保守思想である。一七八九年から一八〇三年の間にフランス革命とアイルランドにおける反乱が立て続けに勃発したことによって、人間の「理性」に対する信頼も著しく損なわれたというレトリックがしきりに用いられた。たとえば、イングランドやアイルランドで急進派の運動が過熱すればするほど、保守派の新聞や雑誌などは暴徒たちの野蛮性を風刺することで辛辣に批判した。[4] ロマン主義研究者メアリ・フェアクラフは、一八世紀末から一九世紀初頭にかけて、理性によって制御できない身体内部の感情を比喩的に表す「火」（fire）や「炎」（flame）という言葉が広く拡散したことと、このような社会の動乱期に突入したことが矛盾していなかったことを膨大な史料によって裏づけている。(5)

一九世紀初頭、スコットランドの医師ジョン・ブラウンらによって「火」は体内のエネルギーや熱、あるいは「刺激されやすさ」（excitability）を表す比喩としてよく用いられたが、(6)このような医科学言説に照らせば、生命の火は二律背反であるともいえる。フェアクラフが表象するロマン主義的な身体に見いだされるような火は、その生命に活力をあたえる一方で、熱狂の危険もはらんでいる。国家身体に見いだされるような火は、急進思想家や運動家の視点からすれば群衆を動員する運動の重要な活力であるが、保守的な体制側からすれば群衆による行き過ぎた暴力へと発展する危険を孕むものである。

マチューリンはアングリカンの国教会の牧師としてイングランドのプロテスタントの支配層に属し、またその教義を信仰していた。ただし、彼がイングランドの支配体制を擁護する保守であったかというと、『メルモス』に関していえば、かなり露骨な反権威主義的、あるいは急進的な態度が読みとれる。メルモスが、ホレイシオのように明確に「イングランド人」「プロテスタント教徒」

を象徴する登場人物ではなく、「放浪者」であることはまさしくアングロ・アイリッシュのアイデンティティの両義性を浮き彫りにしている。

キリスト教的な魂の救済よりむしろ人間の生存が優先されるべきという〈生〉の修辞学がマチューリンの小説にも見られることに留意すべきである。なかでも、急進派を悪魔化する保守と対置されるのが第三章でも扱ったヴォルニーの「自己保存」(self-preservation)の思想である。

ヴォルニーの『自然の法則』がロンドンでも一七九六年に英語訳が出版されていたことを踏まえると、マチューリンが読んでいた可能性もあるだろう。『メルモス』において、両親に見捨てられ、修道院に閉じ込められてしまったアロンゾ・モンカーダという男の物語はその典型例である。修道院の修道誓願に抵抗し、それによって罰として監禁されてしまう彼が脱出を実行に移すとき、ヴォルニーの「勇気と強靭な人間が圧制に抵抗し、自分の生命と自由と財産を守ろうとする」という「自己保存」という思想を体現しているのである(Volney, *The Law* 九八—九九)。この小説では、個の理性とはかかわりなく、まるで身体や神経器官が独立した意思をもっているかのような表現もある。モンカーダが「秘密のエージェント」(メルモス)に導かれながら、修道院を脱出するも、地下通路がどんどん狭くなっていく場面がある。彼は先に進んでいく謎の人物に追いつけなくなり、とうとう狭い通路で身動きできなくなってしまう。そのとき、この導き手が悪魔なのではないかという疑惑が生じ、「突然喉のあたりに恐怖がこみ上げてくる」(*Melmoth* 二一三)。

モンカーダは、そのときにふとエジプトのピラミッドの狭い地下通路で身動きができなくなった男の物語を思い出す。その男は崇高な「恐怖の感情」(terror)によって身体が「膨れてしまい」(swell)、通路を前進することも、後退することもできなくなってしまう。その男のガイドが困り果てて「手足を切断しようか」と半ば脅す。すると、その男は別の種類の「恐怖心」(horror)によって身体がみるみるうちに「収縮」(contract)して、通路から抜けだすことができたという話である。興味深いことに、モンカーダの身体もそのピラミッドの通路で身動きできなくなった男の「恐怖心」を想像できたことによって同じように身体が縮み、脱出に成功するのである(同、二一三―一四)。このような症例は、パーシー・シェリーの主治医でもあったウィリアム・ローレンスの医学書に詳しい、「理性では制御できない、感覚と収縮の力」である(Lawrence 七一)。ローレンスは、ヴォルニーと同じように「自然の法則」を強調しながら、理性と乖離して働く神経器官とその感情が及ぼす身体への影響について述べている。

ロマン主義時代といえば、身体と(神経が感じさせる)痛みが中心的なテーマである。マチューリンは、群衆の静かな行進から「制御できなくなる」（ungovernable）暴動に発展していく様を、当時の医学書でしばしば用いられていた言葉、「運動」（motion）、「粒子・小片」（particle）、「霊」（spirit）などによって表している——「一つの霊がすべての群衆に生命を吹き込んでいるかのようだった」。さらには、ある男がその暴徒たちの餌食になる悲惨な暴力場面を刻銘に描いている。モンカーダは、ある男が暴徒らにその身体を引きずられた挙句、その「ぐちゃぐちゃになった死体が（モンカーダが身を隠していた）家のドアに強く打ちつけられる」のを目にする（*Melmoth* 二八二―八三）。

ここで興味深いのは、マチューリンがわざわざこの場面に注釈を付していることである。彼によると、この暴動の場面は一八〇三年にダブリン城を攻め、これに失敗したロバート・エメットが絞首刑となった事件の描写だという。注には、当時アイルランド高等法院主席判事だったキルウォーデン子爵が馬車から引きずりだされ、極めて残酷な仕方で殺されたという説明がある（二八五）。この場面はエメットの蜂起だけでなく、ユナイテッド・アイリッシュマンが起こした一七九〇年代の反乱にも重ねられているだろうというのが、アイルランドの反乱に詳しい批評家ルーク・ギボンズの見立てである（Gibbons 五四）。

ギボンズは、「火のつきやすい」（inflammable）あるいは「炎」（flame）を、アイルランドの暴力的な反乱を描写するのによく用いられた言葉として紹介している（Gibbons 五二）。先述したように、ジョン・ブラウンなどの医学書では「火」は人間の過剰な感情とほぼ同義語としても考えられた。医学者ではないマシュー・バリントン（一七八八―一八六一）という法務官でさえ、マチューリンが小説を書いた一八二〇年代のアイルランド人たちを「火のつきやすい」人種と形容したうえで、「二十人ほどの悪い人間がいたとしたら、彼らを制御しなければ州全体が火で燃やされてしまうだろう」と記している（Lewis 七〇）。

ここで重要なことは、マチューリンが用いた医科学的な用語が、「アイルランドにおけるカトリック教徒に対する根深い恐怖心」を表す政治的なレトリックであったということだ（Morin 一四八）。フィオナ・ロバートソンによれば、『メルモス』で描かれるスペイン（カトリック教）の異端審問は、一九世紀イングランド、つまりプロテスタント・アセンデンシーの家系がアイルランドの人々に対して行使した権威を象徴している（Robertson 一〇五―〇六）。マチューリンの「群衆」あるいは「暴徒」の描写は、制御できなくなったアイルランド人の抑えきれない感情のほとばしりと重なり合うだろう。

マチューリンの急進思想——婚姻の正統性とは？

ロマン主義時代において、火は情熱、感情、熱狂などを連想させ、それはエドマンド・バークらの保守的な立場からすれば危険極まりない感受性言説の身体的なメタファーであった。しかしながら、急進派の著述家らにとっては、生命の躍動、あるいは個の自由を表現するために要となるメタファーである。イマリーの豊かな、ときに過剰ともいえる感受性の描かれ方は、またしても両義性を孕むのだ。

一八世紀において教会（とりわけ国教会であるイングランド教会）が結婚にあたえる「正統性」(legitimacy）は、それ以外で結ばれる関係を非正統的なものとして排除することにも繋がったことを考えると、ロマン主義時代の結婚をめぐる言説はすでに家父長的な枠組みに取り込まれていたといえる。たとえば、法的に結ばれている夫婦関係がすべて幸福であったわけではない。その正統性を盾に夫が暴虐（tyranny）を行なうこともあり、そのような被害に苦しむ女性たちにとって婚姻関係は愛の成就というよりむしろ差別によって生じる事件の目隠しになった可能性があることに留意する必要がある。[7]

第三章で論じたウルストンクラフトの未完小説『女性の虐待あるいはマライア』のヒロインは夫ヴェナブルズと結婚するも、この自己中心的な夫の暴虐に耐えなければならない。夫は堕落の末、放蕩生活をやめることができず、五百ポンドのお金と引き換えに妻マライアの体を友人に差しだす女衒《ぜげん》を平気で行おうとする。彼女はヴェナブルズの子供を産んだ後、その惨めな生活から脱出するために家出をするが、最終的に夫に追跡され、精神病院に幽閉されてしまう。これは、〝正統〟な結婚によって、妻の財産や身体をめぐる権利が夫に譲渡されてしまうケーススタディでもある。

さらに『女性の虐待』では、マライアが、精神病院に収容されていたダーンフォードと親密度を深めていく過程を描くことで、正統性を欠く男女間の結びつきであっても、女性は幸せになりうることも提示している。ただし、終盤で不義の罪に問われたマライアが追い込まれる展開が用意されており、最後まで男女関係がユートピア的に描かれることはない。ウルストンクラフトのこのような価値観は、彼女自身の生き様からも見てとれる。彼女はスイスの画家ヘンリー・フュースリに恋い焦がれ、失恋ののち、アメリカの商人ギルバート・イムレイと恋に落ちるが法的な結婚の手続きはとっていない。その後、非摘出子のファニー・イムレイを産んだ後、イムレイとの破局を迎えている。

のちに彼女の伴侶となるウィリアム・ゴドウィンが書いた『回想録』が刊行され（この二人の間にメアリ・シェリーが生まれる）、彼女の男性遍歴が世に知れ渡ると、「ウルストンクラフト」という名前はラディカル性、不道徳性と結びつけられるようになる。保守派のリチャード・ポルウィールは詩「男のような女たち」で、ウルストンクラフトを、解放を叫ぶ恥知らずな雌狐集団の指導者であると書いているのも、家父長制に抗する女性作家を社会的に追放しようという意図があったからだろう。結婚という制度に反対していたゴドウィンは、ウルストンクラフトと男女関係を結びながらも夫婦になろうとはしなかった。ようやく妊娠が判明した時点で、互いに結婚という形式をとることに同意したが本意ではなかった。

『メルモス』の面白さのひとつは、結婚というメタファーを多様に解釈しうることだ。イングランドとアイルランドの併合は、法的に認められた「結婚」だといえるだろう。メルモスとイマリーの関係はそのような形式からは逸脱している点で、明らかに「併合」の寓意ではない。マチューリンが描くメルモスとイマリーのロマンスは、ゴドウィンの『回想録』を読んでいるようなところもある。ただし、この秘密裏に行われる結婚こそ、『メルモス』という小説のなかで、もっとも真正なものとして描かれているのだ。

ヴォルニーの『自然の法則』のように、偏見ではなく、生き物としての人間存在が公平に評価されるとき、「正統性／合法」と「不正統性／非合法」という区分はなされない。そのことが顕著に表れるのが、イマリーの身体が細密画のようにクロースアップされる場面である。メルモスに、愛を証明して見せるよう促された彼女は、彼がこれから辿るであろう「追放と孤独」の運命を共にすることを誓う。この「結婚」に特徴的なのは、教会の司祭によって執り行われる儀式ではない点である。イマリーはメルモスと結ばれたあと娘を産んでいるが、異端審問にかけられ、監禁されてしまう。そこで異端審問官に「名前を聞いただけで身の毛もよだつ、あの存在の妻であるということか」「お前の結婚の証人、つまり、その不浄で不自然な結合を可能にしたのは誰だ」と詰問された彼女は、次のように述懐している。「証人はいませんでした。真っ暗闇のなかで結婚式を挙げたのです。誰の姿も見えませんでしたが、言葉は聞こえたように思います。誰かが私の手をメルモスの手に置いたのはわかりました」（*Melmoth* 五八八）。

異端審問でイマリーが糾弾されるのは、スペインのカトリック教会が認定しない婚姻を結んだからである。この描写は、オーウェンソンの『野生のアイルランド娘』と最終的に袂を分かつところでもある。ホレイシオはグローヴィーナの父親に、自分の身元を保証してくれる伯爵Mからの手紙を渡しながら、「貴殿の娘の庇護者になるための法的な資格をあたえてほしい」と申し出る（*The Wild* 二四八）。先祖代々継承してきた土地を、彼女の夫となるホレイシオに譲渡するところで、二人の婚姻は正統なものと認識されるのである。

メルモスとイマリーの愛は、法的、宗教的な組織があたえる正統性とは別の次元で捉えかえされている。メルモスが妻となる女性に愛の証明を問うとき、彼女の身体のさまざまな部分にその内的活動を読みとろうとする観相学的な視点がある。

> 彼女〔イマリー／イシドーラ〕が話すとき目に光が宿っていた――額も輝いていた――彼女の姿は神々しさを放っていた。そして、それは情熱と純粋さが融合したものが人の形をとったような稀有で壮麗なヴィジョンとして現れた。（*Melmoth* 四〇六）

メルモスは彼女の身体性（＝目の輝き）の中に、イマリーの情熱と純粋さを見いだしている。ロマン主義時代に保守派に揶揄され続けた「情熱」を称賛するこの場面は、愛の結晶として肯定的に描かれている。イングランドとアイルランドの法的に認められた併合とはまったく異なる種類の結びつきである。

マチューリンの想像力とは？

このように、マナユーリンはイマリーの身体に表される愛の徴《しるし》に圧倒されるメルモスを描いている。『メルモス』を読んでいると、自然発生的に生じる感情の交換、つまり共感が、法的な結合を凌駕する強烈さで迫ってくる。教権主義に対するマチューリンの厳しい批判的態度は、権力行使によるモンカーダやイマリーの監禁という主題からもうかがえるだろう。反教権主義に連なるものとして台頭していたのが自然主義的な医科学言説で、これらは啓示宗教と袂を分かっている。細胞の末端まで恒常的に変化し続ける生物学的な性質を「無常」であると捉えなおし、その無常の影響下に置かれない被造物を誕生させた科学者ヴィクター・フランケンシュタインはその医科学的探求の体現者といえよう。マチューリンもまた《権威》よりも《身体》を優位に置く言説を物語に取り込み、生物としての人間存在が権力に左右されることなく公平に評価され、かつ「正統性／非正統性」という区分を問い直すような虚構世界を描いた。

マチューリンの『メルモス』執筆時期は、ちょうどカトリック教徒の解放を求める過激な運動が勃発していた頃に当たる。そして、この暴動は当時のアイルランドの国家身体の波乱、不調を反映すると捉えることもできる。たしかに、アイルランドの暴徒に対して牽制する視点がマチューリンにもある。しかしその反面、イングランド人やアングロ・アイリッシュらの権威主義や暴虐も容認しない。プロテスタント・アセンダンシーによるクロムウェル侵略の記憶を辿れば、暴力というものは必ずしも一方通行なものではない。マチューリンの想像力は、一九世紀初頭のアングロ・アイリッシュの支配層らの不安の原因だったカトリック教徒による暴力だけでなく、アイルランドのもっとも根深い記憶を想起させるものでもある。

第7章
ブロンテ『嵐が丘』
魂の生理学、感情の神学

イギリスにおける世俗化は、国家による「聖」と「俗」の領域分断という抜本的変革によってなされたのではなく、長い時間をかけて醸成されてきたもので、文化や文学の果たした役割が大きい。エミリー・ブロンテ（一八一八–四八）の『嵐が丘』（一八四七）を、身体性と霊視の観点から考える上で重要なのは、一九世紀イギリスでは、教会という制度と霊性《スピリチュアリティ》の間にきわめて特徴的な葛藤が生みだされていたことである。さらには、国教会信者《アングリカン》と非国教徒《ノンコンフォーミスト》の境界線のあいまいさによって生と死の連続性という独特の霊的世界が創造されていた。科学的進歩による世俗化を踏まえて考えると、当時の医科学言説とも連動しながら「内なる神」という思想が透徹されたブロンテの『嵐が丘』を読み解く必要性が見えてくる。

『嵐が丘』における身体性と霊性について考察する前に、この長編小説のあらすじを簡単に振り返っておこう。舞台はヨークシャーの小さな田舎町。語り手ロックウッドが、彼が借りて住む屋敷の大家を訪れるところから物語は始まる。その大家が住む館「嵐が丘」に泊まることになった彼は、樫《かし》の箱のような寝床のある寝室に案内され、すでにこの世にはいないキャサリン・アーンショーという女性が書いた日記を読む。そして、その部屋の窓から入れてもらおうとする少女（キャサリン）の幽霊に手を掴まれる。このあまりに不思議な出来事に、ロックウッドは女中のネリーに事情を尋ね、大家のヒースクリフとすでに他界しているキャサリンとの愛憎と復讐の物語を聞かされることとなる（したがって、この小説の大部分は、ネリーの語りで構成されている）。かつての「嵐が丘」の住人は、アーンショー夫妻、その子供のヒンドリーとキャサリン、そしてのちにキャサリンが絆を深める（アーンショー氏が外出先から連れ帰った）少年ヒースクリフであった。ヒースクリフはアーンショー氏に息子同然に育てられ、キャサリンの遊び相手としてよい待遇を受けていた。

ところが、ヒースクリフの幸せな生活は主人が亡くなったとたん急変する。家督を継いだヒンドリーが暴君と化し、彼を召使い同然にしてしまう。それでもヒースクリフを想っていたキャサリンは、彼に読み書きを教えたり、二人でヨークシャーの荒野に出かけたりした。また、屋根裏部屋で長い説教を聞かせたり、宗教書を読ませたりする下男ジョウゼフの宗教的抑圧に対して、二人は連帯して反抗し、その宗教書を蹴飛ばしたり、屋根裏部屋での監禁から脱出して、荒野を自由に駆け回ったりもした。だが、ある事件がきっかけでキャサリンは上流階級の「スラッシュクロス」の住人と出会い、その暮らしぶりに憧れるようになる。その後、息子エドガー・リントンに求婚され、キャサリンは悩んだ末、ヒースクリフではなく、エドガーとの結婚を決める。その意思をネリーに伝えたのだが、それをすぐ傍で聞いていたヒースクリフは、ショックのあまり家を出る。

三年後、ヒースクリフが裕福になって復讐を遂げるために戻ってくる。彼は、エドガーの妻となっているキャサリンのもとを訪れ、愛を語るようになる。エドガーとヒースクリフのライバル関係がキャサリンを苦しめ、ついには衰弱して他界。彼女には（母親と同名の）キャサリンという忘れ形見が残された。ヒースクリフはまた、エドガーの妹イザベラを言葉巧みに操り、結婚まで漕ぎつける。子供を出産後に衰弱したイザベラはほどなくして亡くなっているが、その直前にネリーに送った手紙の中で夫ヒースクリフの暴虐ぶりを伝えている。そして、ヒースクリフはかつて自分を召使い同然に扱ったヒンドリーを恨んでおり、彼が主だった館「嵐が丘」をも法的な手段で乗っ取っていた。ヒースクリフは賭博を仕掛け、ヒンドリーから館と財産を奪い取ったのだ。また、第二世代のキャサリン（キャシー）もヒースクリフの策にはまり、イザベラとヒースクリフの息子リントンと結婚させられてしまう。ヒンドリー亡き後、「嵐が丘」の主となったヒースクリフはリントンを利用してキャサリンを家におびき寄せる。彼女がリントンに招待されて館を訪れたとき、そこにはヒースクリフ、リントン、そしてヒンドリーの息子ヘアトンが暮らしていた。キャサリンがヒースクリフの罠にはまって結婚させられた相手リントンは病弱だったため、まもなくして亡くなり、その数日前には彼女の父エドガーも亡くなっていた。

ヒースクリフは、「スラッシュクロス」とエドガーの財産も手に入れ、復讐を終えたことになる。しかし、それでもヒースクリフの心は満たされることはなく、とうとう食事を摂ることを拒否するようになる。身体も急速に衰弱し、幽霊としてさまようキャサリンとの再会を夢見るようになるのだ。第二世代のキャサリンはというと、かつて第一世代のキャサリンがヒースクリフにしたように、ヘアトンに読み書きを教え始めている。ヒースクリフは、二人の間に特別な感情が育まれるのを見て、あえて阻むことはしない。最後は、彼の望みどおりに死が訪れる。

霊性が身体や物に宿るイギリスの象徴的な文化の一つとして、死者の愛用品だった遺物に固執する文化がある。シャーロット・ブロンテが、亡くなった妹エミリーとアンの遺髪を身に着けていたという霊性の物質化も同じ文脈にある。この起源は国教会とは異なる福音主義的な死生観にあるという注目すべき研究がデボラ・ラッツによってなされている。一九世紀には、中産階級の間で広がりつつあった福音主義信仰において、死者の魂が遺品（物質）に宿る、つまり死とは終わりではなく、むしろ生と死は連続しているという認識が共有されていた。世俗化に影響を及ぼした非国教会の信仰の特色とはどのようなものだろうか。一九世紀のこの物質と霊性が錯綜する思想はゴシック小説『嵐が丘』の重要な場面でどのように用いられているのだろう。

〈教会離れ〉と〈スピリチュアリティ〉の矛盾

『嵐が丘』は信心深い人間の物語、あるいは罪深き者が回心する宗教的な物語ではない。キャサリンとヒースクリフを説教する牧師補などはどちらかといえば悪漢として描かれているし、この小説で存在感を放つヒースクリフは、少年時代「悪霊にとりつかれた」（diabolical）ような顔をしていたと描写されている（*Wuthering Heights*、以下 *Wuthering* 六六）。彼と結婚して酷い仕打ちを受けていたエドガーの妹イザベラが死ぬ間際ネリーに送った手紙には「ヒースクリフ氏は人間なのだろうか。(…)もしそうなら彼は狂っているのか。あるいは悪魔なのか」とまで書かれている(同、一三六)。そもそも、この小説に慈悲深く理性的な登場人物は稀で、前半で他界するアーンショー氏くらいであろう。

ところが、ヒースクリフには別の一面もある。大農家の娘キャサリンと、ヒンドリーに下働き同然の扱いを受けるようになるヒースクリフの間には、明らかに社会的階級差があるのだが、二人はその壁を易々と乗り越え結束し、権威主義的なヒンドリーやジョウゼフに対して連帯して反逆するのだ。『嵐が丘』は宗教小説というより、キャサリンとヒースクリフの「反抗」の物語でもある(青山 一九四)。小説の第三章でロックウッドが通された部屋で読むキャサリンの日記にはこのように書かれている。「〔ヒンドリー兄さんの〕ヒースクリフへの仕打ちは酷くて見ていられないわ——Hと私とで反逆することにしたの——私たちは今晩その第一歩を踏みだしたんだから」(*Wuthering* 二〇)。このように偽善《ヒポクラシー》や宗教的抑圧を糾弾している点では、『嵐が丘』は「世俗的」な物語として受容されてきたのだ(Nussbaum 二〇)。

ヨークシャーの荒々しいむき出しの自然の中で駆け回ることが好きなキャサリンとヒースクリフは、罰を受けるとわかっていても、教会での日曜礼拝をわざと欠席したりする。この二人が体現するものは、国教会、あるいはプロテスタンティズムが標榜する倫理とはまったく異なる。

（ただ）ジョウゼフと牧師補が、二人〔キャサリンとヒースクリフ〕が教会を休んだとき、彼が不注意だといって責めました。すると、急に思い出したように、ヒースクリフを鞭で打ち、キャサリンには、お昼と晩の食事をあたえませんでした。けれど、二人にとっては、荒野へ朝のうちに逃げだして、そこで一日中過ごすというのが、もっとも愉快なことで、その後で罰を受けることなど、笑い飛ばしてしまうのでした。（同、四六）

このあと、牧師補がキャサリンに聖書の暗誦をさせたり、ジョウゼフが自身の腕が痛くなるほどヒースクリフを殴ったりしても、二人は「何かいたずらして復讐することを思いつけば、すぐに全部忘れ去ってしまうのでした」（四六―四七）。

『嵐が丘』での牧師補批判もそうだが、形骸化していく宗教は、「礼拝堂」（非国教会）の描写にも表れている。[1] ブロンテは、教会離れが深刻化する状況を、ロックウッドがギマートンで見る「礼拝堂」の退廃ぶりに反映させている。

屋根はこれまでのところ、全体的な崩壊は免れているが、なにぶん、牧師の給与は年二ポンドと、二間の家屋しかなく、それもまさに崩れて一間になろうとしている状況だし、また何よりも、教区の信者たちは、自分たちの懐から一ペニーも余分に出して俸禄を増やすくらいなら、餓死してもらいたいと思っているということだから、ここの牧師を引き受けようとする者などいなかった。（同、二三）

『嵐が丘』から見える世俗化のありようは、まさに一九世紀の宗教離れ、あるいは教会や聖職者に対する懐疑心を表している。キリスト教に反発し、「微塵も興味を示さなかった」（Fairchild 四〇六）というブロンテの伝記的情報を裏づける視座は小説にもある。じっさい「ヒースクリフとキャサリンの愛をロマンティックに聖化したものではない。それとは逆で聖なる愛が世俗化していく過程を描いたものである」（戸田 六四）といった批評もあり、『嵐が丘』が長いこと、いわゆる「世俗化へ向かう一方向の動き」の文脈で解釈されてきた事実は否めない。

しかし、キャサリンやヒースクリフは、外的に表れる行為（教会に出席する、聖書を暗誦するなど）とは正反対の心の内にスピリチュアリティを見いだしていた。

この世で私の大きな不幸は、すべてヒースクリフの不幸だったし、はじめから私はその両方を見て、感じてきた——生活の中で私が培ってきた大きな思想が、ヒースクリフなの。もしほかのあらゆるものすべてが滅び去って、「彼」だけ残ったとすれば、「私」もまだ存在し続けるでしょう。（…）私のリントンに対する愛は木々に繁る葉みたいなもの。（…）ヒースクリフに対する愛は永久に足場を支える岩に似ている——見た目にはほとんど喜びとはわからないけれど、必要なもの。ネリー、私がヒースクリフなのです！　あの人はいつだって——私の心の中にいる。私自身が私にとって必ずしもつねに喜びでないのと同様、あの人も喜びとしてでなく、私自身として、私の心に住んでいるの。（*Wuthering* 八二）

ブロンテは権力を振りかざすような聖職者を批判しながらも、独自の霊性《スピリチュアリティ》を自由な魂として描いているのである。エミリーの詩「老克己主義者」でも完全なる世俗というものを否定している。「そう、つかの間の命はまもなく終わるのだから／願い求めるのはこれだけ／生にあっても死にあって

も　勇敢に耐え抜く／束縛されない魂」（ブロンテ　三五）。

『嵐が丘』には、じっさいキリスト教的な場面が数多く描かれていることは事実であるが、あくまで教会の権威を批判する立場からである。その一つの例としてロックウッドの夢が挙げられるだろう。「マタイによる福音書」の一八章にヒントを得た場面だが、厳格なジョウゼフを彷彿とさせる「説教」は、教権的な宗教の諷刺となっている。夢の中でブランダラムという人物が人を攻撃するように説教しているのをロックウッドは我慢して聞いているが、「七×七〇の四九〇まで聞いて、さすが我慢の限界」と感じ、それを告白している。今度は周りの人間が「お前は罪人だ」といいながらロックウッドを打ち叩きはじめる（*Wuthering*　二二―二三）。

これはエミリーが、ある特定の宗派を揶揄しているのではなく、一方的に「説教を聞くこと」が宗教であるという先入観を批判しているとも考えられる。なぜなら、この聖書（「マタイによる福音書」の一八章）の本来の教えでは、「七回を七十倍」繰り返さなければならないのは「説教」などではなく、それが人を「許す／赦す」という行為だからである。自分の信じる真実を裏切ってリントンと結婚したキャサリンは、最後にヒースクリフの「赦し」を懇願する。そして自分も彼を赦している。「私が悪いことをしたとして、そのために私は死んでゆくんです。それでもう十分でしょ

う。あなただって、私を置き去りにした。それでも、私は責めない。あなたを赦すわ。私を赦して！」（同、一六二）

イギリスの「赦し」をめぐる歴史的推移をスティーヴ・ブルースとクリス・ライトは次のように述べている。「教会が（…）もはや「罪の赦し」をあたえることができなくなったとき、あるいは（…）神父たちが（たとえ役に立つとしても）必要不可欠でなくなったとき、つまり、ひとりひとりが聖書を読むことによって神の意志を理解できるようになったとき、共同体（組織化された政体、国家）ではなく個人が主要な行為者となった」（Bruce et al. 一一〇）。これはエミリー・ブロンテにも共通する点であろう。

ブロンテ姉妹の作品においては、反感の対象は「宗教」というより、むしろ個人の信仰とは別次元の「権威」の問題だった（Jasper 二一九）。たとえば、『嵐が丘』を見ても、司祭が人間と神の間の仲介ができるという思い込みを指す「偽善売教」（priestcraft）や「聖職尊重主義」（sacerdotalism）には批判的である。たしかに、ブロンテ姉妹の父パトリック・ブロンテは国教会の牧師だったため、その立場を考えると、彼は教会出席率の低下や人々の宗教離れに対して危機感をもっていたに違いない。それとは関係なく人々の信仰は「内なる神」に向かいつつあった。それは、権威をもつイングランド国教会とは異なる非国教会独特の文化が勃興した歴史的背景とも連なる。

メソディズムの感受性文化――〈国教会〉と〈非国教会〉の矛盾

シャーロット、エミリー、アン・ブロンテの三姉妹はイングランド国教会牧師の娘であるため、国教会の宗教実践に影響を受けていることは容易に想像できる。しかし、父パトリックは、非国教会のメソディズム（Methodism）の拠点でもあったハワースという土地で暮らしていたため、メソディストたちとも交流があり、なにより、幼くして喪った三姉妹の母親の代わりに彼女らの養育を担った伯母も熱心なメソディストであった。

国教会牧師という父パトリックの職業を考えれば、『嵐が丘』に見られるような聖職尊重主義を批判する態度、あるいはキャサリンやヒースクリフのように信心深さを欠いたキャラクター描写は、どこか矛盾を孕んでいるように思える。しかし、ここで強調しなければならないのは、一九世紀の信仰は必ずしもある特定の宗派への帰属や教会の礼拝などによって定義づけられるわけではなかったということである。[2] 一九世紀にはイングランド国教会は著しく弱体化し、自由教会〈国教会に属さない諸教会〕はますます勢力を広げ始めるなど力関係は一変し、その結果この自由教会の非国教徒《ノンコンフォーミスト》が果たす政治的、社会的、精神的な役割が次第に大きくなっていた。(3)

すなわち、エミリーが国教会の信仰を実践していなかったからといって、彼女に「信仰」がなかったわけではないということだ。これは、ブロンテ一家が住んでいたヨークシャーのハワースに根づいていた非国教徒の文化にも関係がある。メソディスト〔一八世紀にはメソディズムはあらゆる種類の福音派を指した〕の聖職者として伝説的な人物ウィリアム・グリムショー（一七〇八―六三）が拠点としていたのもハワースである。グリムショーはこの地域で人気を博し、ときに一週間に二〇回も説教を行うことがあった（Marsden 一四）。彼の人気に触発されて、メソディストの宗祖ジョンとチャールズ・ウェスレーもハワースを訪れている。メソディズムなどの非国教会《ノンコンフォーミスト》が勢力を拡大し続けていたハワースで、ブロンテ姉妹の父パトリックは国教会の牧師の役職を得ていたのである。

また、ジョン・ウェスレーが存命中、この宗派がまだ国教会に属していたことも興味深い事実である。国教会内の福音主義の勢力が増していたことを踏まえると、国教会と非国教会の明確な区分さえ難しい時代だったといえる（山内 六五）。浜林正夫によれば、メソディストは国教会内部の革新運動であって、ウェスレー自身、国教会からの分離を考えていたわけではなかったし、教義的にも国教会を支持していた（浜林 一九三）。

しかし、メソディズムにつきまとう「熱狂」（enthusiasm）というイメージや、「内的な光」（inner light）という内省の傾向は、「理性」を重視したイングランド国教会の信仰とは性質が根本的に違っていたのだから、イングランド国教会側から見ると、メソディスト運動の中心にあった《回心体験》は大問題であった。ダラム主教のジョーゼフ・バトラーは、回心とは個人が直接に霊感を受けることであり、それが極端にすすめば神秘主義となり、国教会の教義を否定することになるという理由で、「特別な啓示や聖霊の贈物を主張することは恐ろしいこと」だと警告した（浜林 一九三–九四）。メソディズムの回心体験が「熱狂」のイメージを喚起してしまうのは、「しばしば発作のような症状を伴う恐怖と怒りの感情に続き、愛と歓喜の感情が生じる」のが特徴であったからだ（Dimond 一七二）。また先述したように、幼くして喪った母親の代わりにブロンテ姉妹の養育を担った伯母も熱心なメソディストであった。

以上のような文脈を考慮すると、シャーロットは「広い意味での国教会信者」、エミリーは「広い意味でも狭い意味でもキリスト教には微塵も興味を示さなかった」、そして、アンは「緩やかな信仰心のある福音主義者」とそれぞれまったく異なる宗教（あるいは無宗教）の特徴を有していたのも不思議ではない（Fairchild 四〇六）。また、ブロンテ姉妹の小説に「聖」か「俗」か、あるいは「国教会」か「非国教会」かという二分法では理解しきれない世界が広がっているのも十分理解できるのだ。一七世紀の分離主義ピューリタンの末裔であり、一八世紀の「福音主義信仰復興運動」（Evangelical Revival）を牽引した非国教徒たちは、政治的な急進主義者を多く輩出したことでも知られ、そもそもリベラルな思想をもっていた（デ・グルーチー 一二三）。

この文化の中心地に住んでいたブロンテ姉妹にとって、ジョンとチャールズ・ウェスレーの「純粋で聖なる焔《ほのお》」はおそらくよく目にした言葉であり、カルヴィニスト的なメソディズムの教義に用いられる「煉獄の火」「永遠に地獄に落とされた罪びと」も彼女らにとっては「恐怖の対象でもあり、刺激的でもあった」（Hanson 一二）。とくにアンの詩や小説に、メソディストの熱狂的な側面が表れているのも頷けるのである。(4)

ジョン・ウェスレーの宗教的熱狂に特徴的なのは、回心体験を表現するためのレトリック、つまり「心」と「感受性」である。「神は我々が〔神の恩寵を〕知るために、心の中で感じられるようにしてくださる」（John Wesley's "Farther Appeal to Men of Reason and Religion," qtd by Gill 二五）。これに関連して、マリアンヌ・ソーメーレンが「キリスト教は理論でもなければ、憶測でもない。生そのものである」(Coleridge 二〇二)というロマン派詩人コウルリッジの格言《アフォリズム》を引用しながら、ブロンテ姉妹との共通点を見いだしているのも重要である(Thormählen 一四四)。コウルリッジもまたキリスト教と「生」を同一視する「熱狂徒」としての顔をもつ反面、国教徒として超越的な神の存在をも信じていた(Gill 一六〇)。解剖学や生理学の発達により、魂の所在が肉体(脳や神経器官)に移行していく歴史的過程で、ブロンテ姉妹の自己表象にもその「生」や「身体」を意識する思想が宿るようになっていった。

そもそも一九世紀になぜ「感情」重視の〔メソディズムを含む〕福音派の信仰が「理性」重視である国教会の信仰を凌駕しつつあったのかということについても考えてみる必要がある。「理性」が「感情」を支配していたデカルト的二元論に疑問を呈するようになった一九世紀初頭の神経学系の医学が感受性の一元化をもたらしたのだが、サリー・シャトルワースによれば、ブロンテ姉妹の小説に描かれる自己の所在のなさ——つまり真理は、体内に張り巡らされた「感情」という神経経路を伝って存在するという感覚——はこの医学的見地から見た感受性に関わる問題にも通ずる。

個人の感受性のレトリックが「神」と直接繋がる想像力を可能にし、外在する組織、人間、圧力は「余剰」(redundant)であると考える思想を生みだした。パトリック・ブロンテは聖職者でありながら、医学にも関心をもち、トマス・ジョン・グレアムによる『近代家庭の医学』を読みながら、「医科学言説の驚異、とくに「身体」(body)と「精神」(mind)の相関関係に夢中になり、〔聖職者としての〕職務上の義務をはるかに超える範疇にまで分け入った」(Shuttleworth 二三二)[5]。シャトルワースは、その父親の医学的見識がブロンテ姉妹に影響をあたえていたことも指摘している(同、二七)。多様な宗派が共存するハワースの共同体で、パトリックが他の宗派に対してきわめて寛容であったとも述べている(Marsden 一五)。メソディズムへの寛容さは感受性への理解と矛盾しなかったのだろう。

『嵐が丘』でも、キャサリンは自身の理性と感情との間の葛藤について小説の重要な局面でネリーに打ち明けている。心/感情ではヒースクリフと一緒にいることが正しいとわかっていながらも、つまり、リントンと結婚することが間違っていると確信しているとネリーに伝えるとき、彼女は「魂」の居場所が身体部位のどこにあろうとも、その魂はたしかに自己に宿っていることを強調している。

「ここ、それからここ!」とキャサリンは自分の額をひとつの手で叩きながら、そしてもうひとつの手は胸を叩きながら答えた。「どちらに魂が宿っていたとしても――それが魂で

あっても心であっても、自分が間違っていると確信しています。」（*Wuthering* 七九–八〇）

このように、ジョウゼフや牧師補が聖書の暗誦に固執する一方、キャサリンの信仰はより身体、あるいは感受性に直結する方法で表現される。たとえば、「心」の感情をジェスチャーでは「胸」を叩いて示すのである。

神は教会にではなく自己、あるいは身体に内在するというエミリー・ブロンテの「信仰」は、「自己に内在する神」が主題である詩「わたしの魂は怯懦《きょうだ》ではない」に如実に表れている。「おお　わが胸のうちの神／全能にして　永遠に在ます神／不死のいのちであるこのわたしが　あなたのうちに力を得るとき／わたしのうちに　安らい給ういのちの神」（青山に引用 二〇六–〇七）というこの詩句は、まるで同時期に書かれた『嵐が丘』に登場するヒロインの精神世界を映しだしたかのようである。霊性は生ける人間の身体に、死後は物に宿るものだというスピリチュアリティなのである。

物質／身体と霊の融合

遺物、遺品の収集の歴史を振り返ると、キリスト教の聖人の亡骸や愛用品を我先と求めた聖遺物の時代にまでさかのぼる。当初は宗教的なものであったが、収集対象は徐々に世俗化し、ロマン派の時代の文学者の住まいなどを訪れ、遺物を収集および崇拝の対象とした。そして、ヴィクトリア朝時代に入ると、著名人でもない世俗の人間さえもが対象となり、愛おしい人々の記憶を保つため、さまざまな形で亡骸の一部や愛用品が保存されるようになった（Lutz 六六–六七）。

『嵐が丘』では、ネリーが大切に保管していた、エドガー・リントンの妹でヒースクリフの妻イザベラが送ってきていた最後の手紙を、ネリーが大切に保管していた。この手紙（遺品）のことをネリーはロックウッドに「愛おしいと思う人が亡くなって、残した遺品であれば、どんなものもかけがえのないものです」と説明している（*Wuthering* 一三六）。また、ブロンテ家とも縁の深い非国教会の一宗派メソディズムについても、その《回心体験》は物質と霊の矛盾を孕んでいる。これは身体という物質を介して霊感を受ける体験で、まさにこの「聖」と「俗」の世界を切り離さない感覚は、非国教徒の良心（Nonconformist conscience）のひとつの特徴、つまり「宗教と政治を完全に隔てる境界線は存在しないという確信」

とも結びついていた（デ・グルーチー 一二五）。ラッツが福音主義的な思想であると指摘した「生」と「死」の連続性は、復讐を終えた後のヒースクリフの夢想からも読みとれる。今は亡きキャサリンを想いださせるものは彼女の忘れ形見の娘キャサリンだけではない。「床」も「敷石」も何もかもがヒースクリフに彼女を想起させる。

まず、あいつ〔第二世代のキャサリン〕は驚くほど〔第一世代の〕キャサリンに似ていて、恐ろしいほど、キャサリンとひとつになってしまう。だが（…）おれにとっては、いったいキャサリンと結びつかないものなんてあるのか、何もかもが彼女を想い起こさせやしないか。おれはこの床を見れば、敷石の彼女の顔が必ずといっていいほどあらわれるのだ！どんな雲にも、どんな木にも——夜は空気のなかに彼女の存在が満ちていて、昼はありとあらゆる物にちらりとひらめいて、彼女の面影が、おれを取り囲むのだ。（*Wuthering* 三二三）

一九世紀のスピリチュアリズムといえば、オスカー・ワイルド、コナン・ドイル、ヘンリー・ライダー・ハガードがよく知られているが、(6)『嵐が丘』がこの物質に宿る霊性という文脈で取りあげられることはきわめて少ない。それは、引用にも見られるヒースクリフの独特の感受性が、純粋にヴィクトリア時代の物（遺物）信仰を標榜しているというよりは、ロマン主義的な汎神論の思想の残滓でもあるからだ。このことは、ヒースクリフが亡きキャサリンの棺の片側を壊して自分の遺体をその隣に埋めてほしいとネリーに伝えている遺言からもうかがえるだろう（*Wuthering* 二八八―八九）。愛しいキャサリンの遺骸は「魂」が宿る物質であると同時に、かつて彼女の生が宿っていた身体でもある。彼は死してもその物／身体とひとつになろうとするのである。

解き放たれるスピリチュアリティ

一九世紀の「聖」と「俗」の矛盾を解き明かすために、教会とスピリチュアリティ、国教会と非国教会といった二項対立を踏まえながら、ゴシック小説『嵐が丘』をひとつのケーススタディとして検証した。国教会の牧師を父にもつブロンテがあえてキャサリンとヒースクリフを教会嫌いにしたのは、「教会」から彼らのスピリチュアリティを自由に解き放つためだったのではないか。そして、自己の「内なる神」へと信仰の場を移した彼らにまったく新しい人間性の定義をあたえるためだったのではないか。ヨークシャーの荒々しいむき出しの自然の中で駆け回るキャサリンとヒースクリフにとって、神の恩寵は身体的兆候、あるいは内なる感情として表れる。これは作者がメソディストの伝説的な聖職者ウィリアム・グリムショーが拠点としたハワースで育ったことも影響したのではないか。また、「生」と「死」の連続性を前提とする福音主義的な思想に着目しつつ、『嵐が丘』では物質と霊がひとつになる場面を描いたブロンテの戦術は、制度化された宗教への抵抗であった。常識人である語り手ロックウッドはキャサリンの幽霊に手を掴まれてぞっとするが、まさにその不気味な現象が自分にも起きてほしいと懇願するのがヒースクリフなのである。実際、小説の最後でヒースクリフは、物質と魂の融合を象徴する体現者となる。このように『嵐が丘』に見られるスピリチュアリティが、世俗化する一九世紀イギリスの思想の中枢部分にあったのなら、文学作品もまた、家父長的な文化に異議を唱える言説の一つとして見なすことができるだろう。

第8章

ヴァンパイア文学から#MeTooまで
〈バックラッシュ〉に抵抗する

一九世紀の怪物的なるものと#MeToo

一九世紀から二〇世紀初頭のイギリスでは、封建的な因襲を打破し、社会で新しい地位を勝ち取ろうとする「新しい女」（New Woman）たちが現れ始めた。ちょうどその頃にオスカー・ワイルド（一八五四―一九〇〇）やブラム・ストーカー（一八四七―一九一二）のような同時代作家たちが、「スフィンクス」、そして「キルケーやヴァンパイアやサロメ」と並べて女性たちを表象していたが、(1)この背景には、生きづらさを感じていた彼女らの解放を後押しするような言説や、伝統的な女性像から逸脱するファム・ファタルのエンパワリングな視覚文化があったことも重要だろう。たとえば、ジョン・ウィリアム・ウォーターハウスなどの一九世紀末の芸術家たちによって、ファム・ファタルや魔女(キルケー)のイメージが広く拡散され始めた。(2) イタリア人のフェミニスト研究者シルヴィア・フェデリーチによれば、社会的に認知された経済活動から女性たちを締めだすことがいかに「母性の強要」と「魔女狩り」に繋がっていたか明らかであるという(フェデリーチ 一六〇)。

魔女狩りというのは、今でいうところの保守派による〈バックラッシュ〉である。歴史を遡ってみると、女性が男性と対等の地位を獲得しそうになると、彼女らに対する〈バックラッシュ〉が必

図版6
『オデュッセウスに杯を差しだすキルケー』
Circe Offering the Cup to Ulysses
© 1891 by John William Waterhouse

ず起きている。スーザン・ファルディはこの現象はずっと反復されてきたと主張する。一五世紀にも、そして一八世紀にも似たような事例がある。[3] 社会の因習に従わず、主体性をもって「公共の場や市場で働こうとする女性は、性的に積極的で気性が激しいとか、「売女」「魔女」のようにあらわされた」(同、一六二)。第三章でも論じたように、メアリ・ウルストンクラフトによる『女性の虐待』やシャーロット・デイカーの『ゾフローヤ』などは、社会の性的規範から逸脱する「魔女的なイメージ」を逆手にとり、戦略的に〈バックラッシュ〉の言説に抵抗しようとするものであった。

オスカー・ワイルドの戯曲『サロメ』(一八九三)の王女サロメもまた魔女的なヒロインであり、ウルストンクラフトらと同じ戦略を用いている。たしかに、継父ヘロデ王に請われて踊りを披露し、その褒美として美しい預言者ヨカナーンの首を所望するサロメは(『サロメ』八一)、とうてい#MeToo運動の旗手であるとはいえないかもしれない。しかし、ヘロデ王の妻ヘロディアの連れ子であるサロメが、宮殿内で、王の好色なまなざしに晒され、そのような性的対象として「見られる」ことを拒否するとき、そこには#MeToo、もっと最近では「#わきまえない女たち」のテーマがはっきりと浮かび上がる。[4]「これ以上、あんなところにはいられないわ。もうたくさん」(同、一八)というサロメの台詞は、ワイルドの仏語原文では、「ここ(外)の空気はなんて新鮮なの! やっと息ができるわ！」（“Comme l’air est frais ici! Enfin, ici on respire!”）となっていて、ヘロデ王の性的な「メイル・ゲイズ」（male gaze）にさらされるサロメの息苦しさ、生きづらさを表している。一九七〇年代に映画論理家のローラ・マルヴィは、ハリウッド映画が男性視点の視覚快楽嗜好によって成り立つことを指摘し、女性を性的対象化するその視線を「メイル・ゲイズ」と呼んだ。長い歴史のなかで女性は「見る主体」というよりも「見られる対象」として扱われてきたのだ（Mulvey 六―一八）。性的マイノリティとして刑法で処罰され、晩年は世間から迫害されたワイルドだからこそ、女性を必ずしも性的な対象としては見ず、女性たちのアライ（＝味方）としてこのような作品を書くことができたのかもしれない。

ワイルドの「謎のないスフィンクス」（一八八七）という短編はどうだろうか。とくに怪物の物語ではないにもかかわらず、「スフィンクス」という怪物がタイトルの一部になっている。謎めいた女性、アルロイ夫人があるとき肺炎で亡くなってしまうのだが、彼女に夢中だったマーチソン卿は生前部屋を借りていた彼女が誰かと会っていたのではと考え、死後、その部屋を訪ねて真相を明らかにしようとする。密会を疑うマーチソン卿に、部屋の管理人と思しき女性は、「ただ応接間にいらして、ご本を読んだり、ときどきお茶を召し上がったり」したと証言している。アルロイ夫人はそれだけのために週三ギニー（現代の価値で四万六千円ほど）[5]を支払っていたというのだが、当時の女性にとってひとりで本を読んだりする居場所を確保することにそれだけの価値があったのだともいえる。角田信恵によれば、寡婦のアルロイ夫人は「娘ではないから、処女性という重圧」からも、「献身的な母であれ」というヴィクトリア朝の「家庭の天使」の軛《くびき》からも自由なのだという（角田 一一〇）。

女性の吸血鬼ものといえば、ブラム・ストーカーの『ドラキュラ』（一八九七）で吸血鬼へと変貌を遂げる性的に奔放なルーシー・ウェステンラを思い浮かべる人も少なくないだろう。しかし、それよりも二十五年前に、すでに女吸血鬼の物語が書かれていた。ストーカーと同じアイルランドの作家、ジョゼフ・シェリダン・レ・ファニュ（一八一四－七三）の中編小説「吸血鬼カーミラ」（一八七二）である。第七章で論じたように、ゴシック小説を書いたエミリー・ブロンテの父パトリック・ブロンテも実はアイルランド出身であったが、ここでゴシック小説とアイルランド文化の繋がりは指摘しておくべきであろう。

これまでも数多くの研究者に論じられてきたように、ブロンテ姉妹のゴシック小説のルーツはアイルランドにある（Constable 九八－一一五）。今は彼女たちの文学が世界中に轟いているからか、ブロンテ一家の地域性というものがあまり注目されない。[6] ブロンテ姉妹が生まれ育ったのは北イングランドだが、子ども時代に話していたのはアイルランド訛りであったはずだ（*Irish Times*）。アイルランド出身の父親の影響によって、ヨークシャー訛りよりもまずはアイルランドの方言が身についていただろう。しかし、このアイルランド的なるものの継承はそれほど論じられてこなかった。一九世紀はアイルランド人が差別の対象であったことから、シャーロット・ブロンテも、彼女の伝記を書いたエリザベス・ギャスケルも、ブロンテ家のアイルランドの出自についてはさほど強調することはなかったのだ。

この最終章では、マイノリティ性を抱える人たちのヴァンパイア物語について考えてみたい。そのためには、まずレ・ファニュを、ストーカーなどの世紀末ゴシックに連なる「アングロ・アイリッシュ」作家として注目する必要があるだろう。アングロ・アイリッシュとは――ブロンテ姉妹とは逆方向になるが――イングランドからアイルランドへ移住した主にプロテスタントの人々、およびその子孫のことを指す。レ・ファニュはチャールズ・ロバート・マチューリンやオスカー・ワイルド同様、アングロ・アイリッシュの作家であり、おそらくアイルランドのカトリック文化に対して両義的であっただろう。とりわけレ・ファニュの場合、父親はアングリカン（国教会）の牧師としてプロテスタントの支配層に属していた。しかし、一九世紀の後半、次第にアングロ・アイリッシュたちが衰退していく政治的文脈を踏まえると、レ・ファニュが表象したヴァンパイアは肥大化していく多数派のカトリックたちの脅威を表象していたのかもしれない。

そして、レ・ファニュの吸血鬼物語を考察した上で、彼のアングロ・アイリッシュとしてのアイデンディディが次第にマイノリティ性を帯びていく点に注目する。「吸血鬼カーミラ」に表象されるレ・ファニュの両義性は、少女たちの脆弱性にも表現されているだろう。彼のヴァンパイア表象は、エミリー・ハリスによる二一世紀の翻案映画『カーミラ』に #MeToo のテーマとして浮かび上がってくる。後半は、原作と映画版を比較することで、その系譜について考えてみたい。

レ・ファニュの「吸血鬼カーミラ」

イングランド国教会もアイルランド国教会もプロテスタントの宗教であり、カトリックと比較するとより経験的、理性的な信仰として知られる。そう考えると、国教会の牧師であった父をもつレ・ファニュがなぜあえて亡霊やヴァンパイアといったゴシックをテーマに創作していたのか不思議ではある。大多数がカトリック教徒であるアイルランドでは長らく「迷信」(superstition) が信じられていたが、プロテスタントの彼もまた、いわゆる迷信文化に感化されていたのだろうか。「吸血鬼カーミラ」に描かれるヴァンパイアのカーミラは、アイルランドの田舎の墓地に現れるという言い伝えの「バンシー」(*ban si*) の化身として描かれている。そして、ヴァンパイアの少女カーミラと遭遇する主人公ローラが、超自然的な領域に足を踏み入れていく過程で、彼女がイングランドの実証主義とアイルランドのスピリチュアリティに引き裂かれる様子がリアルに表現されているといえる。二つの領域のはざまで揺れるヒロインの視座は、まさにレ・ファニュの両義的なアイデンティティによって説明されうるだろう。

ルーク・ギボンズによれば、アイルランド史を遡ると帝国主義の歴史が浮かび上がり、支配者であるイングランドと被支配者のアイルランド、加害者と被害者、力をもつ者と無力な者といった対比がくっきりと見えてくる。それによって、ゴシック小説において、アイルランドらしさ(アイリッシュネス)というものがつねに周縁化された立場として捉えられてきたことも理解できる(Gibbons 九八)。主人公のローラにとっての「故郷」(home) とはイングランドであるが、物語の舞台はスティリア (Styria) ――オーストリアとハンガリーの境界に位置する、吸血鬼神話が伝えられている地方――に設定されている。もちろんそれは「アイルランド」ではないが、先祖の「故郷」であるイングランドから離れた場所を舞台にすることによって、アングロ・アイリッシュとして生きているレ・ファニュ自身の〝存在の不安〟をフィクションの中で表現することができたのではないだろうか。

第六章ですでに指摘した通り、マチューリンが描いたメルモスは、イングランドのプロテスタントかアイルランドのカトリックのいずれかではなく、帰属する場所を失った「放浪者」として表象されていた。レ・ファニュもまた、両義的なアイデンティティのはざまでゴシック小説を書いていた。マチューリンと異なる点としては、アングロ・アイリッシュという支配階級の勢力が衰退しつつあり、実質、没落の一途を辿っていたことだろう。そこには、おそらくレ・ファニュのカトリック教徒に対する不安がつきまとっていた。ヴァンパイアはいわばアングロ・アイリッシュたちにとっての脅威として描かれている。

「吸血鬼カーミラ」が収録されているゴシック短編集『鏡の中にほの暗く』が刊行された一八七二年というのは、レ・ファニュの父親が属していたアイルランド国教会に大きな変化が訪れた時期に当たる。一九世紀のアイルランド政教関係は、イングランド国教会からの離脱、イングランドのアイルランド植民地支配の緩和によって大きく変容していた。長らくイングランド国教会と分かち難く結ばれていたアイルランド国教会は、一八六九年にアイルランド国教会制廃止法が可決され、七一年に施行されると、「国教」としての役割を失ってしまう。すなわち、大多数がカトリックのアイルランドを統治していた少数派プロテスタントのアングロ・アイリッシュらが決定的に弱体化する政治的な流れがあった。

「吸血鬼カーミラ」の物語は、それまでカトリックたちを支配していたアングロ・アイリッシュたちが今度は危機的状況に追い込まれていく、その心理を描いてもいる。イングランド人であるローラの父親は、最初は「互いに迷信深さを感染し合う」スティリア人を哀れな人たちと見なしているが、彼らに迷信深いカトリック教徒と同じイメージを重ねているともいえる（"Carmilla" 二六九）。ローラの父親は不可視の存在に対して異常なまでに懐疑的で、当時イングランドで広がりつつあった実証主義の態度を象徴的に表している。帝国主義の言説においては、勝利者は当然支配階級のイングランドなのだが、レ・ファニュが描くローラの父親はヴァンパイアの密かな企みに一切気づくことはなく、将軍やフォルデンブルク男爵といった登場人物に出会うまでは、ヴァンパイア物語は迷信であるとして信じないのだ。

「吸血鬼カーミラ」において、ローラの父親に威厳のある権力者という風情はなく、「迷信」や霊的な存在を忌避しているばかりで、侵入者を許したことに気づきもせず、事故でケガをしたというローラと同年代の少女を自分の屋敷に運び込ませてしまう。その結果、カーミラは、ローラに近づき、信頼を勝ち取ることに成功している。この小説において、ローラとカーミラの親密な関係は、官能的な場面も含め、強烈な印象を残している。イングランド人の父親をもつローラが物質世界と霊的世界のはざまに入り込むことと、イングランドからやってきた「アングロ・アイリッシュ」と呼ばれる支配層の血統を継ぐレ・ファニュがヴァンパイアであるカーミラの物語を紡ぐことは地続きであろう。

ここで重要なのは、ローラの父親がカーミラの画策にまったく気づかない愚鈍な家父長（イングランド／アングロ・アイリッシュ）として風刺されていることだ。たとえば、近隣に住む少女が亡くなる前に「幽霊」を見たと証言していても、彼女の死はあくまでも悪夢や熱に浮かされた結果であるといい、霊的な影響力を一切認めようとしない（同、二六六―六七）。反対に、迷信深いとされるカトリック教徒を体現するかに見えるヴァンパイアのカーミラこそ、新しいタイプの怪物であるが、肉体的に実態をもちつつ、施錠されたドアや壁を通り抜け、「自由に出入りでき、かぎ屋も形無しである」（同、二七八）。

カーミラが寝室に現れるとき、ベッドに横たわるローラは金縛りにあい、身体の自由を奪われている。ベッドの足もとのほうに何かがいる気がしてそちらに目をやると、怪物のように大きな猫のカーミラがいる。夢を見ているという感じと、現実世界でベッドに横になっているという感じの両方が混ざり合った不思議な感覚にとらわれるローラは、接近してくるその猫の両眼を見ている。すると突然「自分の胸に三、四センチほどの間隔があいたところに二つの大きな針が突き刺さるような穿刺痛《せんし》」を感じたのだった（同）。ローラは次第にだるさを感じるようになり、不調に苦しめられることになる。その後、ローラたちは、ミラーカと名乗る素性不明の少女を預かったシュピールスドルフ将軍と出会い、彼の姪が亡くなった経緯を知る。将軍の姪は生前、ローラがカーミラと親密になったように、ミラーカという謎の少女と共に過ごしていたのだった。

物語の後半で、「ミルカラ・カルンシュタイン」（Mircalla Karnstein）という人物の肖像画――「カーミラ」のアナグラム――が発見されるとき、ローラはそのミルカラとカーミラの顔が「瓜二つ」（Le Fanu 二七二）であることに驚く。のちに判明するのだが、実は二人は別人なのではなく、カーミラ自身が一五〇〇年も人間の生き血を吸って生きながらえたヴァンパイアだったのだ。ミルカラ・カルンシュタイン伯爵夫人の墓を調べようと将軍が納骨堂に向かうと、そこには将軍も知るフォルデンブルク男爵がいた。彼は、財産と余暇をすべて吸血鬼の研究に当ててきた。というのも、フォルデンブルク男爵の先祖はミルカラ伯爵夫人の愛人であり、その先祖の意志を受け継いで、吸血鬼を滅ぼそうと活動していたからだった。最後に、墓に眠るカーミラの胸に杭が打たれ、ローラの体調は回復している。

新しいヴァンパイア

二〇一九年に公開されたエミリー・ハリス監督による『カーミラ――魔性の客人』（*Carmilla*）は新しいヴァンパイア映画として紹介され、話題を呼んだ。舞台は一八世紀イングランドだが、十五歳のララは、ある田舎町で父親と厳格な女性家庭教師ミス・フォンテーヌとともに三人で暮らしている。ある夜、馬車の事故でケガをしたという同年代の少女が屋敷に運び込まれるが、彼女は記憶を失っている。ララはカーミラと名づけたこの少女と親密になっていくが、ララ自身は日増しに弱っていく。その様子を見て、家庭教師のミス・フォンテーヌはこの謎の少女カーミラに不信感を募らせていく。

このように、大筋ではアイルランドの作家レ・ファニュの原作小説「吸血鬼カーミラ」のプロットをなぞってはいるが、ミス・フォンテーヌの存在は原作ではかなり希薄である。また、肝心のカーミラの「牙」が一度も映しだされないばかりか（首すじの痕もない）、東欧ではなくイングランドの物語として描かれるのは大胆な改変だといわざるをえない。

ハリス版『カーミラ』は、アイルランドとイングランドのはざまで生きる原作者のアイデンティティの揺らぎに目を向けるよりも、この完全に隔絶されたイングランドの田舎の世界で性の芽生えと解放を探究するララと謎の少女カーミラに対して、それを過度に抑圧しようとする家父長的な父親とその価値観を内面化した家庭教師のミス・フォンテーヌという対立軸に焦点が当てられている。それは、#MeToo 運動を主張する声が盛り上がる今の時代に女性監督が選ぶにふさわしいテーマでもあっただろう。ハリス監督による『カーミラ』の芸術性の高さを評価する映画評はあるが、原作からの大胆な改変に対して批判的なものが多い。先述したように、吸血鬼であるはずのカーミラが一度も「牙」を剝かず、ララの首すじに牙を突き立てられた痕もないのだ。

たしかにこの改変は、これまでの同小説のアダプテーションと比べても吸血鬼色が格段に薄い。たとえば、一九六〇年に公開されたフランス・イタリア合作映画『血とバラ』（*Et mourir de plaisir*）

におけるカーミラとジョージアの官能的な場面はその後の女吸血鬼ジャンルに大きな影響をあたえたが、貴族的、棺桶で眠る、心臓に杭を打たれた姿をなぞるように死ぬ、などの特徴は原作から忠実に引き継がれている。また趣は異なるが、一九七〇年の『バンパイア・ラヴァーズ』（*The Vampire Lovers*）もハマー・フィルム・プロダクション製作によるレ・ファニュの「吸血鬼カーミラ」の映画化であり、イングリッド・ピットのエロティシズムがきわだつ女吸血鬼映画の決定版ともいえる。ここでもやはり「牙」は重要な要素の一つである。

レ・ファニュの「吸血鬼カーミラ」と比較してみると、やはりハリス版のアダプテーションにはオリジナルから決別する意志が明確に表れている。とりわけ注目すべきは、原作では重要な要素と見なされているヒロインの首すじの痕や、カーミラが吸血鬼であるという緻密な文献学的資料などを、ハリスが完全に排している点である。ただし、この映画版が比較的忠実に再現している点があるとすれば、それは「幻覚」（hallucination）という症状を「夢」（dream）という現象で表現していることである。レ・ファニュの小説では、吸血鬼という超自然的な存在と同程度に「幻覚」が強調されているため、おそらく、それを意識したハリスがララの夢に重要な役割をあたえながら、原作との興味深いパラレルをつくり出しているのだろう。映画でも原作と同じように、カーミラが屋敷に運び込まれてからララはおぞましい夢を見る。夢とも幻覚ともいえないヴィジョンをローラに何度も見せるレ・ファニュの語りを、現実と夢の境界があいまいになる世界として映像でなぞるハリスの手腕は評価に値するだろう。

レ・ファニュの小説では、カーミラが一五〇年前に一度死んだ女性であり、今は吸血鬼として彷徨していることを明らかにした上で、フォルデンブルク男爵がローラの父親と力を合わせてこの怪物を退治しているが、ハリス版には、フォルデンブルク男爵、あるいは彼と同じ役割があたえられる登場人物はいない。その代わりに、ミス・フォンテーヌがハンマーのようなものでカーミラの心臓をつぶして殺し、スクリーンにはその血だらけの人間の死体が映しだされる。太陽の日を浴びても灰と化すこともない。

ジャック・クレイトンの『回転』における性の抑圧

では、ハリス版では、なぜ吸血鬼カーミラの正体が暴かれる場面が完全に抜け落ち、代わりに吸血鬼かどうか確証が得られない少女を、ミス・フォンテーヌと父親が共謀して殺害する結末に改変されたのだろうか。おそらく、これまで〈加害者〉として表象されてきた怪物カーミラを、性の解放を求めるヒロインとともに抑圧される〈被害者〉として表象するためだったのではないだろうか。映画を見終わった後、ミス・フォンテーヌによる拡大解釈、あるいは妄想によって、カーミラという美しい少女が「吸血鬼」に仕立て上げられてしまったのではないかという疑いがどうしても消えないのも、これなら説明がつく。このプロットの改変は、おそらくミス・フォンテーヌが抱える彼女自身の抑圧的な衝動、神経症的な傾向とも関係があるだろう。このような性質を備える女性について考えるとき、真っ先に思い浮かぶのが、ヘンリー・ジェイムズの小説『ねじの回転』の映画化作品『回転』(*The Innocents*) である。ジャック・クレイトン監督のこの作品では、まさに古い屋敷で家庭教師として雇われた(デボラ・カー演じる)ミス・ギデンズの性の抑圧が執拗に描かれるのだ。彼女は前任者の家庭教師など、性に対して淫らであると噂される人々を悉く軽蔑する。ミス・ギデンズが度々屋敷に出現する霊の存在を信じている点も、ミス・フォンテーヌの迷信深さと重なり合う。ミス・ギデンズが世話をする兄妹(マイルスとフローラ)を霊から守ろうとするあまり、その誤った正義感によって悲劇が導かれる結末——マイルスの死——は象徴的である。

ハリス版『カーミラ』でおそらく注目に値するのは、ミス・ギデンズを想起させる抑圧的なミス・フォンテーヌがララと彼女を魅惑するカーミラの関係を羨望のまなざしで見つめながらも、セクシュアリティや身体の神秘の探究は「悪魔的」だとして虐待にも近い、しつけを徹底的に行っていることだ。これはレ・ファニュの原作でも中心的なテーマであり、ただ語り手ローラの育ちの良さが、性的な表現を制限させてはいるが、ローラとカーミラは互いが欲望の対象となるレズビアン的な愛情を育んでいる。ハリス版では、そのテーマがさらに強化され、ララとカーミラが互いに感じている性的興奮や二人が寝室や戸外で密やかに交わすキスや官能的な触れ合いが前景化されている。たとえば、ララは自室で父親の図書室からもち出した解剖学の本の図版を眺めながら、うっとりする。左手でその図版を写しているところを目撃したミス・フォンテーヌは、その左手が使えないよう縛る。このような家庭教師の過干渉はたとえ一八世紀イングランドのモラルに照らして見ても、異常な行為に見える。かといって、ララもミス・フォンテーヌの命令に従順に従うばかりではない。カーミラと連帯して二人で自由を謳歌するのだ。昔、魔女やヴァンパイアと見なされた女性たちも、ごく普通の人間だったのではないかという普遍的な問いを立てている。

性への好奇心を隠さず、レズビアン的な関係を探究するカーミラとララを「悪魔的」と形容し、抑圧的に振る舞うミス・フォンテーヌの不気味さはきわだつばかりである。カーミラとララがまさに体を重ねようとしているときに部屋に入って来るのも彼女である。二人のその姿を目にしたミス・フォンテーヌは、ララが日に日に体が弱っていることや村で同じような症状で亡くなった人が三人もいるという事実から、カーミラが吸血鬼に違いないと断定する。彼女は「迷信」を家父長的なモラルを維持するために利用するのである。事故に遭った現場から発見されたいかがわしい本くらいしか、カーミラと吸血鬼文化を繋げる根拠はない。カーミラが一度も吸血鬼として誰にも「牙」を剝いていないことを考えると、最後の最後まで彼女がほんとうにヴァンパイアだったのかという疑念はやはり晴れない。

アダプテーションとは、新たに生みだされる文化的土壌によってさまざまに変容する作品である。そう考えれば、『カーミラ』を、冤罪であった可能性のある「魔女狩り」の物語に翻案した映画という解釈もありえる。あるいは、家父長的な社会において、少女たちの、あるいはセクシュアル・マイノリティの声が奪われている現状を揶揄する作品にもなっているのではないだろうか。あるいは、ミス・フォンテーヌのクィア性を読みとることも可能かもしれない。彼女のララへの異常な執着は、彼女自身の同性愛を暗に示すものとして解釈することもできる。カーミラが映画のなかで「吸血鬼」であることが証明されないのも、このような解釈から汲み取ることができるのではないだろうか。

恋愛メロドラマからＬＧＢＴＱたちの声上げへ

以上の議論を踏まえると、ハリス版が大胆な改変に踏み切った背景には、レ・ファニュの異性愛偏向型の物語への反発もあったのかもしれない。彼はアングロ・アイリッシュの末裔として吸血鬼小説を書いたが、そこに描かれるヴァンパイアのカーミラは、先述した通り、アイルランドの言い伝えとして知られる「バンシー」（*ban si*）の化身として登場する。この言い伝えによれば、霊（*si*）は吸血鬼ではないため、レ・ファニュはドン・オーギュスタン・カルメによる『精霊示現、ならびに、ハンガリー、モラヴィア等の吸血鬼あるいは蘇れる死者に関する論考』（一七四六）に綴られた吸血鬼伝説や、メアリ・シェリーやバイロン卿とともに怪奇物語を綴ったポリドーリによる『吸血鬼』などから着想を得て（Tracy 六九）、いわば折衷型のゴシック小説を書いた。

レ・ファニュはワイルド同様、怪物的なるものとしての女性に共感していただろうか。彼は、一般化された「女性」にというよりは、身近にいた女性の苦境にリアルに共感を寄せていた。妻のスザンナ・レ・ファニュは、ローラのように倦怠感や「幻覚」に苦しめられていた。スザンナは他界した父親の亡霊が寝室のベッドのすぐそばに立っているのを見たが、彼女はその父親の姿が決して「夢ではなかった」と主張している（McCormack 一三三）。幻覚などの精神疾患が「感染する」という医学的症例はアイザック・レイの『精神の衛生学』（一八六三）という医学書に記載されているが、レ・ファニュはこの「幻覚」の感染というテーマを「ハーボトル判事」などのゴシック短編小説でも扱っており、彼のその関心の高さを示している。レイは、感染（contagion）の可能性がある「コレラ、ヒステリア、癲癇、狂気」などの疾患を患う人と親密になることを避けるよう助言している（Ray 一八〇）。

一八六〇年代の医学言説の影響を受けていたと考えられるレ・ファニュは、精神疾患を自分とは無関係の人間の問題としては考えなかった。レイのような医学的見識の信憑性は別として、「感染」の可能性を踏まえるといかなる疾患も他人事ではないという捉え方ができる。レ・ファニュも自分の妻が苦しめられていた幻覚の問題を自分事として捉えていたのだろう。彼は、少なくとも超自然的存在であるカーミラを信じるローラの「魔女」的な力を「迷信」として一蹴せず、さらにはカーミラをかつて人間であった存在として描いている。少なくとも、魔女的な女性を懲罰の対象と見るだけの物語でないことはたしかである。

ローラがカーミラに対して恐怖と共感の間で揺らぎ続ける態度をもち続けることこそ、レ・ファニュのアングロ・アイリッシュ的な揺らぎと呼応していると考えられる。そうした影響下でレ・ファニュが生みだした「吸血鬼カーミラ」という小説は、しかしながら家父長的な、ヘテロセクシュアルな枠組みを完全には免れていない。カーミラがローラの母方の先祖でもあるカルンシュタイン伯爵夫人ミルカラであったことが吸血鬼に関して膨大な知識を備えたフォルデンブルク男爵なる人物の精力的な調査により明らかになるのだが、人間であった時代のカーミラは異性愛者であったことが語られている。

ローラの父親がこの博学のフォルデンブルクに女伯爵ミルカラの正確な墓地の位置をどのように突き止めたのか尋ねると、自分の先祖でもある「フォルデンブルク」というモラヴィアの貴族男性の日録や論文に言及しながら、次のように答えている。


伝統や言い伝えは、もちろん多少なりとも変色し、歪曲されております。彼はたしかにモラヴィアの貴人といってよいのかもしれません。モラヴィアに住居を移していましたし、貴族でもありましたので。しかし、彼は実は上スティリアの出身なのです。ここでは彼が少年時代、美しい少女ミルカラ・カルンシュタインと、相思相愛の間柄であったとだけ申し上げておきましょう。彼女が若くして他界し、彼は絶望のどん底に突き落とされました。

（"Carmilla" 三 八）

「吸血鬼カーミラ」の骨子はあくまでヘテロセクシュアルな悲恋である。吸血鬼カーミラを退治することに成功したフォルデンブルク男爵によれば、彼の先祖である貴人が崇拝していたミルカラという女性が吸血鬼になり、貴人は彼女が「それよりもはるかに恐ろしい状態」に変化してしまうことを危惧し、彼女を救おうと決心したと綴られているという。最終的に彼の死期が迫り、それもかなわなくなってしまったため、その意志を遠い子孫であるフォルデンブルク男爵が継いだという経緯がある。

小説の山場でもある第一六章では、フォルデンブルク男爵がどのような方法でカーミラが吸血鬼であることを突き止めたのかが解説されている。彼は『死後の魔術』、アウグスティヌスの『死者たちのための配慮』やヨハン・クリストファー・ヘレンベルクによる『吸血鬼現象をめぐる自然科学的・キリスト教的考察』やその他千冊もの書物から得た知識だけでなく、裁判例の要約版までも所蔵しており、それらをもとに、吸血鬼の実態を知り、棺の中を暴くことに成功した。「カーミラ」と呼ばれるこの美しい少女が百年以上生き続ける「ミルカラ」であることを突き止めることができたのは、「カーミラ」（Carmilla）という名前が実は「ミルカラ」（Mircalla）から一字の省略も追加もなく、いわばアナグラム的な構成によって作られた名前であったからである。最終的にこの女吸血鬼は血溜まりと灰と化し、そのことで、疑う余地なく吸血鬼であることが証明される。

ハリス版の『カーミラ』は「牙」を映しださないヴァンパイア映画としては異例である。「牙」も「血」もほとんど描かれないヴァンパイア映画への批判の声は上がったが、一五〇〇年前のカーミラのヘテロセクシュアルな恋愛メロドラマをララとカーミラの連帯の物語へと改変することができたと考えれば、ハリスの目論見はほぼ成功したといえるだろう。もちろん、レ・ファニュの「吸血鬼カーミラ」はアングロ・アイリッシュとしてのアイデンティティ・クライシスを描いた心理小説の側面もあるが、彼のローラとカーミラの物語は、女性の連帯と家父長制への抵抗というテーマに光を当てることを可能にした。ハリスの映画版が抑圧される〈被害者〉としての女性の愁訴の声を前景化できたのも、原作でローラとカーミラの関係性が印象深く描かれていたからだろう。

アクチュアルなテーマがよみがえる必然性

映画版『カーミラ』では、「過去」のヴァンパイア神話と「現在」の少女たちの生をあえて結びつけて語ることで、アクチュアルなLGBTQのテーマが前景化されている。さらには、長らく「メイル・ゲイズ」の性的対象となってきた女性たちが、自分たちの「フィメイル・ゲイズ」や性的欲望について語り始める物語でもある。ワイルドの『サロメ』のヒロインがヨカナーンの唇を求めることは当時の性規範からは逸脱していただろう。現代においても、女性が自身の「フィメイル・ゲイズ」について語ることは白眼視される。ましてや同性婚がなかなか合法化されない日本の文脈においては、女性が女性への性的欲望を語ることは決してたやすいことではない。そう考えると、日本人の私たちにとっても、この映画が生みだす想像力の価値は計り知れない。映画版『カーミラ』では、「カーミラ」が果たして百年以上も前の女性が生きながらえた吸血鬼なのかはオープンエンディングである。そのことは名前の由来からも見て取れる。謎の美しい少女の名前「カーミラ」は、主人公のララが恣意的にいくつか候補を挙げたなかから選ばれたのだった。原作ではこのアナグラムが吸血鬼の正体を突き止める鍵になっていることを考えると、映画版における名前の恣意性は意図的であるように思われる。すなわち、レ・ファニュの「吸血鬼カーミラ」は、異性愛的な恋愛メロドラマであるだけでなく、カーミラが正真正銘ヴァンパイアであることを幾重にも証明しようとする実証主義的な物語なのだ（"Carmilla" 三一六）。

ブラム・ストーカーの『吸血鬼ドラキュラ』もまた、ヴァン・ヘルシング教授や科学者のジャック・スワード博士が、科学や知力という手段を用いて主人公のジョナサン・ハーカーに加勢し、吸血鬼退治に挑む物語であり、明らかにレ・ファニュの『吸血鬼カーミラ』のアダプテーション小説である。フォルデンブルク男爵が誇示した知の権威はストーカーの作品では科学者たちに引き継がれたというわけだ（Tracy 六八）。弁理士ジョナサン・ハーカーはトランシルヴァニア奥地の城に住むドラキュラ伯爵を訪ね、イギリス移住のための手伝いをするうちに彼の恐ろしい正体に気づく。伯爵は海路でイギリスに向かい、ルーシー・ウェステンラを毒牙にかけ、その友人でハーカーの恋人でもあるミナ（ウィルヘルミナ）にも接近する。生々しい吸血の記述などは少ないものの、ドラキュラ伯爵の魔の手が主人公ハーカーとのちに彼の妻となるミナに忍び寄る場面には緊迫感がある。

レ・ファニュの原作も、ハリスの映画版も、女性の性の解放を象徴する吸血鬼、あるいは魔女的な女性を〈加害者〉として糾弾しない。ハリス版では、吸血鬼退治という名のもとに怪物的な存在を消滅させる物語は希薄になり、その代わりに「わきまえない少女」が抑圧される家父長制の恐怖物語になっている。悪漢は、あくまで家父長制を体現する側なのだ。カーミラがヴァンパイアではなく、人間である可能性をあえて残すことで、ヒロインのララとカーミラの女性同士の関係を阻もうとする家父長的な〈バックラッシュ〉を強調することに成功している。また、ミス・フォンテーヌのような男性中心主義や異性愛中心主義という価値観を内面化した女性のアンチ・テーゼとして、ローラやララの瑞々しい生が描かれていることも、きわめて重要であろう。

註

〝ゴシック〟という戦術――序論にかえて

(1) 松島正一によれば、「ゴシックは、読者を精神の迷宮に投げ込むことによって、合理性への人間の信頼がいかに薄弱なものであるかに光を当てる」という(一八四)。ゴシック小説勃興が、一八世紀初期の啓蒙主義による人間の良識と理性への信頼からの脱出、人間心理の暗黒面の認識というロマン的なものへの転換を示しているという解釈は、ヴァーマやパンターの主張と矛盾しない。

第1章　ラドクリフ『ユドルフォの謎』――生気論と空想のエンパワメント

(1) ジェロルド・E・ホーグルが書いた *The Cambridge Companion to Gothic Fiction* の序論では、ゴシックは次のように定義されている。「私たちが自分たちから引き離そうとする「異常なもの」が(誠に恐ろしいことに)深部まで、そして広範囲にわたって自己を構成する部分を成している可能性を、不完全にではあるが、表明するためにゴシックが存在していることは明らかである。」(一二)

第2章　ラドクリフ『イタリアの惨劇』――人権侵害に抗する

(1) 引用の日本語訳は筆者による。

(2) カイヨワ、一一。以下、テクストからの引用は、本文中に丸括弧で記す。引用の翻訳は三好郁朗訳を参照したが、論旨に合わせて改変した箇所がある。

(3) ただし、「ほとんど耐えがたい異常なもの」が現実世界へ侵入することを表す「幻想的なもの」は、現実世界の統一を乱したりすることのない「夢幻的なもの」（féerique）とは区別されなければならない（澁澤一七）。「夢幻的なもの」の例を挙げるとすれば、ラドクリフが『ユドルフォの謎』で、ヒロインの父サントベールの口を借りて言及するキリスト教的な善良な霊の存在であろう（六七）。「身体を離れた霊たちは彼らが愛した友を見守ってくれている」とサントベールが認識する霊は、「夢幻的なもの」の好例である。またこの「夢幻的なもの」は、ラフカディオ・ハーンが宗教上の「霊的《ゴーストリー》」存在と考えていたものとほとんど同義でもある。「われわれ自身が一個の幽霊にほかならず、およそ不可思議な存在であることを認めないわけにはいかない」という種類の霊的存在である（小泉八雲　一三九、引用は池田雅之訳）。

(4) 原文では以下のように表現している。"There were in most towns many person who, like himself, were… unreached by the private malice of Robespierre's agents, were suffered to exist out of prison."（三一八）

(5) 引用の日本語訳は筆者による。S氏とW氏の対話は『ユドルフォの謎』の後半で、啓蒙家として描かれているヴィルフォール伯爵の迷信批判を思わせる。彼は「霊（spirit）は、身体を離れた後に、地上に再来する」という迷信を信じる人たちの考えを変えることはできないが、これに最後まで強く反対している（五四九）。

(6) ウィリアム・ヘイズリットは『人間行動の諸原理に関する試論』で、想像力（the faculty of imagination）は人間が善意をもって行動する上で必要な機能であると論じている（二一〇）。

第3章　ゴシックにおけるヒロイン像——ウルストンクラフトのフェミニズム

（1）伝記的に興味深いのは、妹イライザが夫の家から逃亡するのをウルストンクラフトが手助けしたことである。

（2）引用の日本語訳は筆者による。

第4章　ゴドウィンのゴシック小説——理性主義と感受性のあわい

（1）本文ではこれ以降『ケイレブ・ウィリアムズ』と表記。

（2）二人が出会うのは一七九一年の冬だが、親密になるのは一七九六年以降である。

（3）例を挙げれば、シャーロット・スミスの『エミリーン』（一七八八）、アン・ラドクリフの『アスリン城とダンベイン城』（一七八九）、『シチリアのロマンス』（一七九〇）など、枚挙に遑がない。しかし、これらの作品で用いられる古城や封建制といった直接的なメタファーは、革命後急激に下火となる。

（4）大陸で「痛み」の言説を広めるのに一役買ったラ・メトリーの『人間機械論』が一七四七年に刊行され、早くも一七五二年にはイギリスでも翻訳されていた。ラ・メトリーは「機械」という概念を結節点として「人間」と「動物」の境界線をほとんどなくしてしまうような議論を展開している。彼は動物にも「心の痛み」を感じる能力があり、したがって道徳感情、あるいは「知覚する魂」（sentient soul）があると主張する。たとえば、動物は「仲間の身体がずたずたに切り裂かれているのを見ると嫌悪感を感じる」と述べている。

第5章　シェリー『フランケンシュタイン』──バラッドに吹き込む精気

（1）引用の日本語訳は筆者による。以後の文献の引用も同様。

（2）マクシミリアン・ヴァン・ウォウデンベルクは、怪奇談義の事実は知られているが、シェリーが読んだとされるフランス語版に収録されている幽霊物語についてはほとんど知られていないと指摘している（Woudenberg 三〇六）。

（3）ルイスのバラッド集刊行をきっかけに、ゴシック・ホラー・バラッドは大流行となり、コウルリッジ、バイロンやシェリーにも多大な影響をあたえた。

（4）ドイツ語でヨハン・A・アペルとフリードリッヒ・シュルツによって最初の二巻が出版されたのが一八一〇〜一八一一年で、その後ジャン・バティスト・ブノワ・エリエスによって一八一二年にフランス語に訳された。その翌年にはサラ・エリザベス・ブラウン・アターソンによって英語に翻訳されている（Woudenberg 三〇八）。「死の花嫁」も「家族の肖像」もすべての翻訳版の第一巻に収録されている。

（5）シェリーが序文で用いた表現「ファンタズム」（Phantasm）は、一八世紀には科学、医学、美学の諸分野にまたがって用いられていた。『オックスフォード英語辞典』（*OED*）によると、この言葉は「存在するように見えるが、本物ではない物や人、幻覚や幻視、想像力がつくりだした虚構、錯覚」と定義されている一方、「幻影（apparition）・霊（spirit）・亡霊（ghost）、目に見えるが非物質的なもの」という意味もある。

（6）最晩年の詩『自然の神殿』（*The Temple of Nature*）（一八〇三）の注で、ダーウィンは、「若い自然」の「起源」は「神の子」（child of God）とし、神の存在を認めている（第一編 一九、二二三−二六行）。同じく、『ズーノミア』（*Zoonomia*）（一七九四−九六）でも、「究極的にすべての運動の原因は「霊的、つまり神」である

(immaterial, that is God)」と述べている(第一巻 一一五)。

(7) 身体の生理学的機能によって有機的な霊の働きを解明しようとした一八世紀の医師エラズマス・ダーウィンでさえ、その動力源は「神」か、あるいは明示できない「何か」であると述べている。

(8) ポリドーリが睡眠時の脳の活動と悪夢に深い関心を寄せていたことは、彼が著した幽霊物語『アーネストゥス・バーチトールド』にも表れている。アン・スタイルズ他(八〇〇)。

(9) アバネシーの弟子で主治医でもあったウィリアム・ローレンスはパーシーの主治医でもあり、しばしばシェリー家を訪れている。唯物論的な立場をとってアバネシーと議論を闘わせていたローレンスでさえ、「霊」「生命」を完全に物質に還元することはしない。

第6章 マチューリン『放浪者メルモス』――家父長的な結婚を問う

(1) しかし、ジェイン・エリザベス・ドアティが指摘しているように、グローヴィーナに結婚への意欲があるかというと、彼女の主体性を過大評価できるものではない。ちょうどイングランドとアイルランドの併合において前者が併合への意志を示したことが重要であるように、『野生のアイルランド娘』でも、ホレイシオが意志をもつことが主題となっており、グローヴィーナは「沈黙していた」(Dougherty 二四九)。

(2) 「無常」という詩はシェリーの詩集『アラスター、或いは孤独の霊』(一八一六)に収録されたもので、収録されたいずれの詩にもこの「変化」という主題が人間の命の儚さとともに描かれている。興味深いことにこの前年の一八一五年にかかりつけ医であったウィリアム・ローレンスによって(実際そうであったかどうかは定かではないが)結核で余命わずかであると宣告を受けたばかりであり、シェリーはローレンス医師の最先端の医学、とりわけ生命科学についての知見を得ていた。

（3）ヨハン・フリードリヒ・ブルーメンバッハによる著書『ヒトの自然的変種』では、コーカシア（白色人種）、モンゴリカ（黄色人種）、エチオピカ（黒色人種）、アメリカナ（赤色人種）、マライカ（茶色人種）の五種に人種が分類された。ヴォルニーは白色人種を序列の上位におくブルーメンバッハの分類法を批判していた（片山 一一八）。

（4）保守主義派の雑誌の代表的なものとして、『反ジャコバン評論』があった。

（5）**Fairclough** を参照。

（6）たとえば、**Beddoes cxxxi** を参照。

（7）「女房売り」はあくまで民衆によるパフォーマンスであって、「離婚と再婚を一度にやってしまう儀礼」であった。女房売りは男尊女卑の蛮習ではなく、むしろ両性の合意にもとづく婚姻関係移動の儀礼だった。近藤を参照。

第7章　ブロンテ『嵐が丘』——魂の生理学、感情の神学

（1）メソディストの建物は「礼拝堂《チャペル》」であるが、イングランド国教会の場合、儀式や説教を行なう建物は一般的に「教会」（church）と呼ぶ（**Thormählen** 一九九九、一九）。

（2）ジョージ・ホウィットフィールドのカルヴィニズム、ウェスレー兄弟のメソディズム、アルミニアニズムなど一九世紀の宗教や宗派の地勢はきわめて複雑で、いかなる「信仰」によって「神の恩寵」の兆しを得ることができるかについてもさまざまな解釈が存在していた。

(3) 非国教徒の急進思想家にはリチャード・プライス（一七二三―九一）、ウィリアム・ゴドウィン、メアリ・ウルストンクラフトなどが挙げられる。

(4) アン・ブロンテのメソディスト的な熱狂が彼女の小説にどのように表象されているかについては拙論を参照（小川　二〇一三）。

(5) ブロンテ家が所蔵していた版は、Thomas John Graham, *Modern Domestic Medicine; or A Popular Treatise Illustrating the Character, Symptoms, Causes, Distinction, and Correct Treatment, of All Diseases Incident to the Human Frame.* London: Simpkin and Marshall et al, 1826.（https://www.thebrontes.net/reading/g）現在、ハワースのブロンテ牧師博物館に所蔵されている。

(6) たとえば、幽霊が人間を怖がらせるために赤いペンキ（物質）で血のりを演出するというコミカルな場面があるオスカー・ワイルドの短編「カンタヴィルの幽霊」、死者の魂が霊媒師の身体に乗り移り、生と死の連続性が可視化されるアーサー・コナン・ドイル（一八五九―一九三〇）のスピリチュアルな作品、さらには、ヘンリー・ライダー・ハガード（一八五六―一九二五）の超自然現象を扱った秘境冒険文学作品群などがある（小川　二〇一九）。

第8章　ヴァンパイア文学から#MeTooまで――〈バックラッシュ〉に抵抗する

(1) 角田信恵『オスカー・ワイルドにおける倒錯と逆説』彩流社、二〇一三年、一〇九頁。

(2) 画家ジョン・ウィリアム・ウォーターハウスが一八九一年に製作した絵画『オデュッセウスに杯を差しだすキルケ』（*Circe Offering the Cup to Ulysses*）はその代表的な作品である。

（3）ヴィヴィアン・ジョーンズは、一八世紀のブルーストッキング（bluestocking）や先駆的フェミニストであるメアリ・ウルストンクラフトの女性運動直後に激しいバックラッシュが起きていることに注目している。一四八六年には、ドミニコ会の修道士クラーマーとシュプレンガーによる「女性解放運動に反対する」、すなわちフェミニズム運動への反動主義の極みともいえる『魔女への鉄槌』（*Malleus Maleficarum*）が出版された。

（4）「＃わきまえない女と映画「カーミラ」について」は以下より部分転載した。https://ej.alc.co.jp/entry/20210305-ogawakimiyo-actual-06

（5）一八九〇年の三ギニーの価値は、現在のポンドに換算するとおよそ三〇七ポンドで、日本円にすれば、四万六千五百円ほどになる。https://www.nationalarchives.gov.uk/currency-converter/#currency-result

（6）成人したブロンテ姉妹の話し言葉は（北イングランドで暮らしていたため）当然ヨークシャー訛りであったことは想像できるが、『トゥ・ウォーク・インヴィジブル』（*To Walk Invisible*, 2016）というブロンテ姉妹の伝記ドラマで俳優たちがその訛りで話していると、姉妹たちが標準発音であると思い込んでいた視聴者たちがその演出を批判した。

あとがき

わたしのゴシック研究は、修士論文のテーマとしてメアリ・シェリーの『フランケンシュタイン』を選んだことで始まった。もともとゴシック文学は高校生の頃から耽読していたが、本格的に研究対象にしようと考えたのは、大学の最終年であった。幼少期に貧しかった父が地方の何もないところから英語塾の経営を始め、地道な努力で学校を少しずつ大きくし始めていた。いつか娘二人に海外の大学で勉強してほしいというのが父の願いだったが、私もイギリスの教育制度に魅力を感じたこともあり、大学で勉学に勤しんでいた頃だ。今となっては、もちろんゴシック研究は家父長的な社会で女性が生き延びるために不可欠な知恵を授けてくれるものと思っているが、大学生のときには虚構《フィクション》の物語と現実の世界がリンクすることに想像をめぐらすことはあまりなかった。

一九九四年の夏、そのことに気づかせてくれるような出来事に遭遇した。ちょうどバブル崩壊後の就職氷河期まっただなかだったことを記憶している。イギリスの大学で政治思想やジェンダー論を学び、「日本における女性パートタイム労働者の実態」というテーマで卒論を書くためのフィールドワークを行なった直後だった。調査のためのアンケートやインタビューに答えてくれた日本人女性の多くがフルタイム労働を諦めてパートタイムに従事しながら家庭のケア実践を担っていること、そしてそのことを当然視していることを知って、それが精神的に重くのしかかっていた。家父長的な日本社会で自分もいつかは結婚するのだろうか。あるいは未婚を貫いて仕事に生きるのだろうか。そう思い悩みながら、休み明けに日本からイギリスに戻るための飛行機に乗った。すると、隣に座っていたイギリス人中年男性と会話が弾んだ。驚いたことに、ヒースロー空港に着陸する前にその人物が実は外資系大手製薬メーカーの社長であると知ったのだが、試しにうちで働かないかとオファーしてくれたのだ。

一歩外に踏みだせば、世界は冒険に満ちている。グローバルな製薬メーカーでのキャリアという新しい冒険に乗りだせば、新しい知識、新しい人脈にも恵まれ、自立への道が開かれるだろう。私は小さい頃から、後先考えずに、危ない旅に出かけてしまう癖がある。十一歳のときにペンパルに会いに一人でアメリカのケンタッキーまで行ってしまった、あのときの興奮は今でも忘れられない。しかし、女性としての人生について地に足をつけて深く考えないうちに、ホイホイ新しい冒険に乗りだしてしまってもいいのだろうか。ハイリスクを伴う物理的な旅は迷わず決行するのだが、自分の人生を左右する冒険には意外と臆病なのかもしれなかった。結局、魅力的な申し出は丁重にお断りした。ゴシック小説のヒロインなら、こうしたオファーは間違いなく受けていただろう。

私の新たな人生の冒険は、ゴシック文学の研究者になることであった。高校生の頃から、見知らぬ土地を旅しながらゴシック風の古城や洋館に立ち寄り、幽霊や悪漢に遭遇するゴシックヒロインたちの物語に心動かされ、新しいゴシック小説を見つけては耽読していた。そんな私がナラティヴに魅了されるのは、自分で危険を冒さずとも想像世界で「安全に」冒険ができるからであった。あるいは、成長し始めた私が、一人で自由に冒険することは女らしくないという社会の目に少しずつ気づき始め、その圧力に屈したからでもある。小学生の頃は高いところによじ登ったり、家出をして他県に行ってみたりと危ないことばかりしていたが、思春期にもなると、さすがに周りの人たちに溶け込む努力をした。

冒険を諦めた代わりに読書を通して様々な時代の様々な場所を旅した。ガブリエル・ガルシア＝マルケスの『エレンディラ』の凄絶な物語は痛ましくもあるが、勇気づけられもした。野性の少女ファデットが魔女のようなファデー婆さんに見守られながら逞しい女性へと変貌をとげてゆくジョルジュ・サンドの『愛の妖精――プチット・ファデット』はエンパワリングだった。女は勉強しなくてもよいといわれ続けている社会ではホルヘ・ルイス・ボルヘスの「バベルの図書館」も力を与えてくれた。ラドクリフの『ユドルフォの謎』やオースティンの『ノーサンガー・アビー』のヒロインたちが冒険をして得た経験値、倫理的な判断は私の生きる指針にもなっている。私がイギリスの大学に進学することを後押ししたのも、当然ながら、このようなヒロインたちの勇敢さと闘争心である。

ゴシック小説のなかで突出して想像をかき立てられたのはメアリ・シェリーの『フランケンシュタイン』だった。もちろん女性が活躍する物語では決してないが、それでもその圧倒的な創造力の発露が、未婚のまま恋人のパーシー・シェリーと駆け落ちしてヨーロッパ大陸に渡り、妊娠、出産した経験から生じていたことを知って、ゴシック小説とは生きることを学ぶ場であるのかもしれないと思った。誰かを心の底から愛すること、情熱的に書くこと、愛情深い母になること、それらすべてが彼女にとってはまさに生きることそのものであり、制度としての結婚、作家としての評価は後から遅れてやってきたものだった。

メアリ・シェリーの母親であるウルストンクラフトもまた深く人を愛した。一人目の相手に捨てられても人間不信に陥らず、その後（のちにシェリーの父親となる）ウィリアム・ゴドウィンと出会い、彼の思想も人間性も愛した。フランス革命直後、急速に保守化したイギリス政府に対して抵抗を続けた急進思想家であった二人は、国家権力に振り回されないよう、個人の「生命」や「身体」の尊厳を訴え続けた。彼らの思想に生気理論が取り入れられたのがその証左であろう。ウルストンクラフトはシェリーが誕生して十一日後に産褥熱で他界したが、彼女の子として生を受けたシェリーは生命倫理に関心をもち、愛とは何かをクリーチャーの孤独と疎外によって表現した。不朽の名作が誕生した背景に、親娘の深い絆、メアリ・シェリーの政治性があることは一般読者にはあまり知られていない。それは彼女の義理の娘、ジェイン・シェリーのせいでもあった。ジェインはメアリの手紙を燃やしたり、日記を破り捨てたりして、外聞の悪い過去を秘匿することによって、保守的なヴィクトリア朝時代の人々に受け入れられるような印象操作をした。その例にならってか、メアリ・シェリーが他界したときの『ザ・リテラリー・ガゼット』の訃報記事は、彼女をヴィクトリア朝時代の理想的な妻として描写し、彼女の文学的な功績を矮小化した。『フランケンシュタイン』に触れる程度で、その後出版された五つの長編小説、短編小説、旅行記、エッセイ、それから数多くの論評などにはまったく言及されなかったのだ。

さらに悪いことに、一年ほどの交流しかなかった作家エドワード・トレローニーが、パーシー・シェリーの伝記を書くためにパーシーと自分との信頼関係を印象づけようと、メアリ・シェリーの重要性を低く見積もったのだ。二〇世紀の文芸批評家の多くはトレローニーが書いた伝記を真実であると見なし、他もそれに追随した。メアリの急進的な思想や、彼女の革新的なゴシック小説は完全に無視されてしまった。もちろんその後二一世紀の現在、彼女の再評価は行われるようになってはいるが、日本ではまだ女性のゴシック作家の評価は低いままである。

私はおよそ三十年間イギリスのゴシック小説の研究に従事しながら、自分自身が直面する人生の危機を乗り越えてきた。女性として生き延びる戦術をゴシックから学んだのだ。結婚するのかどうか。結婚するならどんな男性とするのか。仕事で遭遇する悪漢風のマウントをとる男性教員の撃退方法もゴシック小説から学んだといえる。また、結婚してからは、非常勤で働けばいいのにと周りの人たちに助言されたが、その誘惑に負けずにこられたのは、ゴシックヒロインの苦難から(おそらく反面教師的に)経済的自立が何にも代えがたいものであることを知ったからである。

シェリーやオースティン、ウルストンクラフト、ラドクリフたちの女性の物語に内在する〝情念〟とさえ呼べるエネルギー、そして彼女らがそっと差し伸べてくれた言葉の数々が、人生の冒険に乗りだしていく若き日の私を支えてくれた。家父長的な社会で弱者に必要なのは信頼できる物語である。波瀾に満ちた一八世紀末から一九世紀にかけて多くのゴシックの傑作が生まれているが、それはちょうど女性が社会に進出していく時期と重なっている。ゴシック小説で語られるのは、人間という小さな存在が尊厳をもって生きていくためにはときに規範から逸脱しなければならないということである。ただし、それは苦痛に耐えかねて暴力的な方法に及ぶという逸脱ではない。社会の底辺に生きる者は互いに助け合って生きていこうという呼びかけでもある。

一九九四年の夏に大手製薬メーカーに就職を決めていたなら、私はこの本を書いていなかっただろう。声なき者の声を伝える役割を嬉々として担う今のこの仕事が私にとって天職である。女性ばかりが暴力の被害者ということはもちろんない。だが、DVの被害に遭うのは圧倒的に女性が多いことも事実である。確かに、女性の就業率は増加傾向にある。しかし、非正規雇用労働者の割合を見ると、女性が男性の二倍以上であることもまた事実である。日本はいまだに女性にとって生きづらい社会であることを文学研究者としてどのように受けとめ、新しい価値を生みだしていけるかを考えながら執筆を続けてきた。

今回、ゴシック研究を書籍化するという形で私の夢を実現に導いてくださった松柏社の森有紀子さんには、心からお礼を申し上げます。数年にわたり、断念しそうになる弱気な私を勇気づけてくださり、ゲラの丁寧なチェックを含め多大なるサポートを惜しみなく与えてくださいました。また、ここに収録した論考を書き続けることを可能にしてくれたのは感受性をテーマとした科研プロジェクトのメンバー（吉野由利さん、大石和欣さん、原田範行さん、川津雅江さん、土井良子さん）です。特に基盤Ｂ「近代イギリスにおける感受性文学と誤認——女性、言語、社会制度」の研究課題でご尽力くださった研究者の方々にも、心からお礼を申し上げます。

本書はメアリ・シェリー、ウルストンクラフト、ゴドウィンの小説と医学言説について書いた博士論文が土台になっています。その博論指導をしてくださり、私を研究者として育ててくださったウルストンクラフト研究者のジャネット・トッド教授（Professor Janet Todd）にも感謝の気持ちをお伝えしたいです。最後に、メアリ・シェリーが母親ウルストンクラフトの生き様から、女として生きる戦略を学んだように、私も母から生きるために必要な逞しさや勇気、人を愛することについて教えてもらいました。いつもインスピレーションの源泉であり続ける母に感謝しています。このような人と人との繋がりが今回のゴシック研究の着想になっていることを幸せに思います。

二〇二四年一月

小川公代

初出一覧

本書は左記に初出の文章に加筆・修正し、単行本化したものです。

第1章　「ゴシック小説と空想の詩学――アン・ラドクリフの『ユドルフォの謎』」、日本オースティン協会編『ジェイン・オースティン研究の今――同時代のテクストも視野に入れて』（彩流社、二〇一七年）

第2章　「アン・ラドクリフ『イタリアの惨劇』における幻想性と怪異感」、東雅夫／下楠昌哉責任編集『幻想と怪奇の英文学』（春風社、二〇一四年）

第3章　「ゴシック小説におけるヒロイン像の変遷――ウルストンクラフト、ルーカス、デイカーと反道徳的感受性」、石田久教授喜寿記念論文集刊行委員会編『イギリス文学と文化のエートスとコンストラクション――石田久教授喜寿記念論文集』（大阪教育図書、二〇一四年）

第4章　「ウィリアム・ゴドウィンのゴシック小説再考――理性と感受性のあいだ」、巽孝之監修、下河辺美知子／越智博美／後藤和彦／原田範行編著『脱領域・脱構築・脱半球――二一世紀人文学のために』（小鳥遊書房、二〇二一年）

第5章　「『フランケンシュタイン』の幽霊——伝承バラッドの再話として」、東雅夫／下楠昌哉責任編集『幻想と怪奇の英文学2——増殖進化編』（春風社、二〇一六年）

第6章　「怪奇小説『カルモス』における結婚の隠喩と医学言説」、東雅夫／下楠昌哉責任編集『幻想と怪奇の英文学——変幻自在編』（春風社、二〇二〇年）

第7章　「一九世紀イギリス文学の「世俗化」——エミリー・ブロンテの『嵐が丘』とスピリチュアリティ」、伊達聖伸編著『ヨーロッパの世俗と宗教——近世から現代まで』（勁草書房、二〇二〇年）

第8章　「＃わきまえない女になった吸血鬼と少女の関係は？　映画『カーミラ』」、ENGLISH JOURNAL、二〇二一年三月五日 [https://ej.alc.co.jp/entry/20210305-ogawakimiyo-actual-06]（株式会社アルク）より部分転載した。

Gibbons, Luke. *Gaelic Gothic: Race, Colonization, and Irish Culture.* Galway: Arlen House, 2004.

Jones, Vivien. "Post-feminist Austen" in *Critical Quarterly*, vol. 52, no. 4. (2010).

Le Fanu, Sheridan. "Carmilla," in Robert Tracy ed., *In a Glass Darkly*, Oxford and New York: Oxford University Press, 1993.

Le Fanu, Sheridan. *In a Glass Darkly* (Tales of Mystery & the Supernatural). Edited by David Stuart Davies, Wordsworth Editions, 2007.

"Sheridan Le Fanu to Mrs E. Le Fanu", 3 May (no year). In W. J. McCormack's *Sheridan Le Fanu and Victorian Ireland.* Dublin: The Lilliput Press, 1991.

McCormack, W. J. *Ascendancy and Tradition in Anglo-Irish Literary History from 1789 to 1939*. Oxford: Clarendon Press, 1985.

Mulvey, Laura. "Visual Pleasure and Narrative Cinema", *Screen*, Volume 16, Issue 3, Autumn 1975.

Ray, Isaac. *Mental Hygiene*. Boston: Ticknor & Fields, 1863.

Tracy, Robert. *The Unappeaseable Host: Studies in Irish Identities*. University College Dublin Press, 1998.

角田信恵『オスカー・ワイルドにおける倒錯と逆説』彩流社、2013年。

フェデリーチ、シルヴィア『キャリバンと魔女——資本主義に抗する女性の身体』小田原琳／後藤あゆみ訳、以文社、2017年。

マーチャント、キャロリン『自然の死——科学革命と女・エコロジー』団まりな／垂水雄二／樋口祐子訳、工作舎、1985年。

レ・ファニュ、シェリダン「カーミラ」柴田元幸訳、柴田元幸責任編集『MONKEY』vol. 22、スイッチ・パブリッシング、2020年。「カーミラ」の登場人物名、地名、書名の表記は基本的に柴田訳に従った。

ワイルド、オスカー『サロメ』平野啓一郎訳、光文社、2012年。

ワイルド、オスカー「謎のないスフィンクス」、『オスカー・ワイルド全集Ⅰ』西村孝次訳、青土社、1980年。

Thormählen, Marianne. *The Brontës and Religion*. Cambridge: Cambridge UP, 1999.

Tumbleson, Raymond D. ""Reason and Religion": The Science of Anglicanism," *Journal of the History of Ideas*, 57. 1, 1996.

Warner, Rob. *Secularization and Its Discontents*. London: Continuum, 2010.

青山誠子『ブロンテ姉妹』〈人と思想 128〉、清水書院、1994 年。

小川公代「ワイルドとドイルのクィアな"スピリチュアリティ"——「真面目」は肝心か、肝心でないか」、『オスカー・ワイルド研究』第 18 号、2019 年。

———「『アグネス・グレイ』と『ワイルドフェル・ホールの住人』におけるアン・ブロンテの宗教的感受性」、『上智大学外国語学部紀要』第 47 号、2013 年。

デ・グルーチー、ジョン・W『キリスト教と民主主義——現代政治神学入門』松谷好明／松谷邦英訳、新教出版社、2010 年。

戸田仁『イギリス文学と神話』大学教育出版、1996 年。

浜林正夫『イギリス宗教史』大月書店、1987 年。

ブロンテ、エミリー「老克己主義者」田代尚路訳、桜庭一樹編『ブロンテ姉妹』〈ポケットマスターピース 12〉、集英社。

山中弘『イギリス・メソディズム研究』ヨルダン社、1990 年。

第 8 章

ヴァンパイア文学から #MeToo まで

〈バックラッシュ〉に抵抗する

"The Brontës' very real and raw Irish roots", *Irish Times*（2017 年 1 月 11 日）https://www.irishtimes.com/culture/books/the-brontes-very-real-and-raw-irish-roots-1.2932856
Constable, Kathleen. *A Stranger Within the Gates: Charlotte Brontë and Victorian Irishness*. Washington D.C.: Univ. Press of America, 2000, "Writing the Minefield: Reflections of Union in Charlotte Bronte's Jane Eyre and Shirley", *Writing Irishness in Nineteenth-Century British Culture*, edited by Neil McCaw, Aldershot: Ashgate, 2004.
Faludi, Susan. *Backlash: The Undeclared War Against Women*. London: Vintage, 1993.

Books, 1847; 1995.
Bruce, Steve and Chris Wright. "Law, Social Change and Religious Toleration," *Journal of Church and State,* 37. 1, 1995.
Coleridge, S. T. *Aids to Reflection,* in John Beer ed., *The Collected Works of Samuel Taylor Coleridge*, XI, London and Princeton: Routledge and Princeton UP, 1993.
Davie, Grace. "The persistence of institutional religion in modern Europe," in L. Woodhead, P. Heelas and D. Martin eds, *Peter Berger and the Study of Religions*, Abingdon: Routledge, 2001.
______. *Religion in Britain since 1945: Believing Without Belonging.* Oxford: Blackwell, 1994.
Dimond, Sydney G. *Psychology of the Methodist Revival.* London: Oxford UP, 1926.
Fairchild, Hoxie Neale. *Religious Trends in English Poetry*, vol. 4, New York: Colombia UP, 1957.
Gill, Fredrick C. *The Romantic Movement and Methodism: A Study of English Romanticism and the Evangelical Revival.* London: The Epworth Press, 1937.
Hanson, Lawrence and Elizabeth. *The Four Brontës: The Lives and Works of Charlotte, Branwell, Emily and Anne Brontë.* London: Archon Books, 1967.
Jasper, David. "Religion" (Chapter 26), *The Brontës in Context*, Cambridge: Cambridge UP, 2014.
Luckhurst, Roger. *The Mummy's Curse: The True History of A Dark Fantasy.* Oxford: Oxford UP, 2012.
Lutz, Deborah. *Relics of Death in Victorian Literature and Culture.* Cambridge: Cambridge UP, 2015.
Marsden, Simon. *Emily Brontë and the Religious Imagination.* London and New York: Bloomsbury, 2014
Nussbaum, Martha Craven. "Wuthering Heights: The Romantic Ascent," *Philosophy and Literature*, 20, 1996.
Shuttleworth, Sally. *Charlotte Brontë and Victorian Psychology.* Cambridge: Cambridge UP, 1996.

Lewis, George Cornwall. *Local Disturbances in Ireland* [1836]. Cork: Tower Books, 1977.

Maturin, Charles Robert. *Melmoth the Wanderer*. Edited by Victor Sage, Harmondsworth: Penguin, 2000.

Morin, Christina. *The Gothic Novel in Ireland, 1760–1829*. Manchester: Manchester UP, 2021.

Owenson, Sydney, Lady Morgan. *The Wild Irish Girl: A National Tale*. Edited by Kathryn Kirkpatrick, Oxford: Oxford UP, 1999.

Pearson, Jacqueline. "Masculinizing the Novel: Women Writers and Intertextuality in Charles Robert Maturin's "The Wild Irish Boy."" *Studies in Romanticism*, 36. 4, 1997.

Robertson, Fiona. *Legitimate Histories: Scott, Gothic, and the Authorities of Fiction*. Oxford: Clarendon Press, 1994.

Shelley, Mary. *Frankenstein, or the Modern Prometheus. The Novels and Selected Works of Mary Shelley*, vol. 1, edited by Nora Crook, Routledge, 1996.

Volney, C. F. *The Law of Nature, or Principles of Morality, Deduced from the Physical Constitution of Mankind and the Universe*. Translated by unknown. 1792. Printed for T. Stephens, 1796.

______. *The Ruins: Or a Survey of the Revolutions of Empires*. Translated by James Marshall. 1811; Woodstock Books, 2000.

Wollstonecraft, Mary. *The Wrongs of Woman: or, Maria. The Works of Mary Wollstonecraft*, vol. 1, London: William Pickering, 1989.

片山一道『身体が語る人間の歴史——人類学の冒険』ちくまプリマー新書、2016 年。

近藤和彦『民のモラル——近世イギリスの文化と社会』山川出版社、1993 年。

第 7 章

ブロンテ『嵐が丘』 魂の生理学、感情の神学

Brierley, Peter. *Pulling Out of the Nose Dive: A Contemporary Picture of Churchgoing*. London: Christian Research, 2006.

Brontë, Emily. *Wuthering Heights*. Pauline Nestor ed, London: Penguin

Politics of Nature: William Wordsworth and Some Contemporaries. London: Palgrave, 2002.
Walpole, Horace. *The Castle of Otranto: A Gothic Story*. Ed. Nick Groom. Oxford: Oxford UP, 2014.
Woudenberg, Maximiliaan van. "The Variants and Transformations of *Fantasmagoriana*: Tracing a Travelling Text to the Byron-Shelley Circle". *Romanticism* 20.3, 2014.

第6章
マチューリン『放浪者メルモス』 家父長的な結婚を問う

Beddoes, Thomas. "A Biographical Preface by Thomas Beddoes." *The Elements of Medicine*, by John Brown, Two volumes, London: J. Johnson, 1795.
Berman, Jeffrey. *Narcissism and the Novel*. New York: New York UP, 1990.
Dougherty, Jane Elizabeth. "Mr and Mrs England: The Act of Union as National Marriage." *Acts of Union: The Causes, Contexts, and Consequences of the Act of Union*, edited by Daire Keogh and Kevin Whelan, Dublin: Four Couts Press, 2001.
Edgeworth, Maria. "Ennui." *Tales of Fashionable Life*. R. Hunter, vol. 1, 1815.
Fairclough, Mary. *The Romantic Crowd: Sympathy, Controversy and Print Culture*. Cambridge: Cambridge UP, 2013.
Gibbons, Luke. *Gaelic Gothic: Race, Colonization, and Irish Culture*. New York: Arlen House, 2004.
Hansen, Jim. "The Wrong Marriage: Maturin and the Double-Logic of Masculinity in the Unionist Gothic." *Studies in Romanticism*, 47. 3, 2008.
Jordanova, Ludmilla. "Guarding the Body Politic: Volney's Catechism of 1793." *1789 Reading Writing Revolution*, edited by F. Barker, et al., University of Essex, 1982.
Lawrence, William. *Lectures on Physiology, Zoology, and the Natural History of Man*. London: Callow, 1819.

English Vernacular Ballads and Folk Lyrics, 1820-1833. Lanham: Scarecrow Press, 2006.

Groom, Nick. *The Making of Percy's Reliques*. Oxford: Clarendon Press, 1999.

Hoeveler, Diane Long. *Gothic Riffs: Secularizing the Uncanny in the European Imaginary, 1780-1820*. Ohio State UP, 2010.

Macdonald, D.L., and Kathleen Sherf, eds. *John William Polidori's The Vampyre and Ernestus Berchtold; or, The Modern Oedipus*. Peterborough: Broadview Press, 2008.

Packham, Catherine. *Eighteenth-Century Vitalism: Bodies, Culture, Politics*. London: Palgrave Macmillan, 2012.

Percy, Thomas. *Reliques of Ancient English Poetry: Consisting of Old Heroic Ballads, Songs, and Other Pieces of Our Earlier Poets*. 3 Vols. London, 1765.

Polidori, John William. "Ernestus Berchtold". Ed. D. L. Macdonald, Kathleen Scherf. *John William Polidori's The Vampyre and Ernestus Berchtold; or, the Modern Oedipus*. Peterborough: Broadview Press, 2008.

Radcliffe, Ann. *The Italian*. 1797. Ed. Robert Miles. London. London: Penguin Books, 1994.

Rieger, James. "Dr. Polidori and the Genesis of Frankenstein". *Studies in English Literature*, 1500-1900. 3.4, 1963.

Shelley, Mary. *Frankenstein*. Ed. Nora Crook. *The Novels and Selected Works of Mary Shelley*. Vol 1. London: Pickering, 1996.

______. Mary Shelley's "Introduction" to the 1831 *Frankenstein*. Crook.

St Clair, William. *The Godwins and the Shelleys: The Biography of a Family*. London: Faber and Faber, 1989.

Stewart, Susan. *On Longing: Narratives of the Miniature, the Gigantic the Souvenir, the Collection*. Durham: NC, 1993.

Stiles, Anne. "Somnambulism and Trance States in the Works of John William Polidori, Author of *The Vampyre*". Co-authored by Stanley Finger and John Bulevich. *European Romantic Review* 21.6 (December 2010).

Thelwall, John. "Essay, Towards a Definition of Animal Vitality" in *The*

and Ed. Ann Thomson. Cambridge: Cambridge UP, 1996.
Paulson, Ronald. "Gothic Fiction and the French Revolution". *ELH* 48.3, 1981.
Taylor, Charles. *A Secular Age*. Cambridge, Mass.: Belknap P of Harvard UP, 2007.（チャールズ・テイラー『世俗の時代』（上）千葉眞監訳、木部尚志／山岡龍一／遠藤知子訳、名古屋大学出版会、2020 年）
Tissot, Samuel-Auguste-André-David. *An Essay on the Disorders of People of Fashion; and a Treatise on the Dieases Incident to Litrary and Sedentary Persons*. Translated From the last French Edition: By a Physician. London: printed by A. Donaldson, 1772.
Trotter, Thomas. *An Essay, Medical, Philosophical, and Chemical, on Drunkenness, and Its Effects on the Human Body*. London: Longman, et al., 1804.
Wollstonecraft, Mary. *A Vindication of the Rights of Woman*. Ed. Miriam Brody. Harmondsworth: Penguin Books, 1992.
______. "The Cave of Fancy". *The Works of Mary Wollstonecraft*. Vol.1. Eds. Janet Todd and Marilyn Butler. London: William Pickering, 1989.
______. *Mary, A Fiction*. Ed. Janet Todd. Harmondsworth: Penguin Books, 1992.
ルソー『エミール』上下巻、今野一雄訳、岩波文庫、1962 年。

第5章

シェリー『フランケンシュタイン』 バラッドに吹き込む精気

Abernethy, John. *An Enquiry into the Probability and Rationality of Mr. Hunter's "Theory of Life"*. London, 1814.
Beers, Henry A. *A History of English Romanticism in the Eighteenth Century*. 1898. New York: Gordian Press, 1966.
Darwin, Erasmus. *Zoonomia; or, The Laws of Organic Life*. London: J. Johnson, 1794.
"The Death-Bride." Macdonald.
"The Family Portrait." Macdonald.
Gregory, David E. *Victorian Songhunters: The Recovery and Editing of*

Broadview Press, 2004.
Miles, Robert. *Gothic Writing, 1750-1820: A Genealogy*. London: Routledge, 1993.
Volney, C. F. *The Law of Nature, or Principles of Morality, Deduced from the Physical Constitution of Mankind and the Universe*. 1792. Philadelphia: Printed for T. Stephens, 1796.
Wollstonecraft, Mary. *The Wrongs of Woman: or, Maria. A Fragment*. 1798. Ed. Gary Kelly. Oxford: Oxford UP, 1980.

第4章

ゴドウィンのゴシック小説

理性主義と感受性のあわい

Clemit, Pamela. *The Godwinian Novel: The Rational Fictions of Godwin, Brockden Brown, Mary Shelley*. Oxford: Oxford UP, 1993.
Csengei, Ildiko. *Sympathy, Sensibility and the Literature of Feeling in the Eighteenth Century*. Basingstoke, Palgrave Macmillan, 2012.
Godwin, William. *Caleb Williams*. Ed. Pamela Clemit. Oxford World's Classics. Oxford: Oxford UP, 2009.（ウィリアム・ゴドウィン『ケイレブ・ウィリアムズ』岡照雄訳、白水社、2016年）
______. "Cursory Strictures, &c. First Published in the Morning Chronicle, October 21". *Political Writings II*. Ed. Mark Philp and Researched by Austin Gee. *Political and Philosophical Writings of William Godwin*. Vol. 2. London: Routledge, 2016.
______. *Enquiry Concerning Political Justice*. Ed. Isaac Kramnick. Harmondsworth: Penguin Books, 1985.
______. *St Leon*. Ed. Pamela Clemit. Oxford World's Classics. Oxford: Oxford UP, 1994.
Hamilton, Paul. "Coleridge and Godwin in the 1790s". *The Coleridge Connection: Essays for Thomas McFarland*. Ed. R. Gravil and M. Lefebure. London: Macmillan, 1990.
Kelly, Gary. *The English Jacobin Novel 1780-1805*. Oxford: Clarendon Press, 1976.
La Mettrie, Julien Offray de. *Machine Man and Other Writings*. Trans.

______. *The Mysteries of Udolpho*. 1794. Ed. Bonamy Dobrée. Oxford: Oxford UP, 1980.

______. "On the Supernatural in Poetry" By the Late Mrs. Radcliffe. *New Monthly Magazine* 16, 1826. Print.

Rogers, Katharine M. "Fantasy and Reality in Fictional Convents of the Eighteenth Century." *Comparative Literature Studies* 22. 3, 1985. Print.

カイヨワ、ロジェ『幻想のさなかに——幻想絵画試論』三好郁朗訳、法政大学出版局、1975 年。

小泉八雲「文学における超自然的なるもの」池田雅之訳、『世界幻想文学大全　幻想文学入門』東雅夫編著、ちくま文庫、2012 年。

ゴドウィン、ウィリアム『ケイレブ・ウィリアムズ』岡照雄訳、国書刊行会、1982 年。

澁澤龍彥「幻想文学について」、『世界幻想文学大全　幻想文学入門』東雅夫編著、ちくま文庫、2012 年。

第3章

ゴシックにおけるヒロイン像　ウルストンクラフトのフェミニズム

Austen, Jane. *Northanger Abbey*. 1818. Ed. Susan Fraiman. New York and London: W. W. Norton & Company, 2004.

Baldick, Chris. *In Frankenstein's Shadow: Myth, Monstrosity, and Nineteenth-century Writing*. Oxford: Clarendon Press, 1987.

Craciun, Adriana. *Fatal Women of Romanticism*. Cambridge: Cambridge UP, 2003.

Dacre, Charlotte. *Zofloya, or The Moor*. 1806. Ed. Kim Ian Michasiw. Oxford: Oxford UP, 1997.

Hoeveler, Diane Long. *Gothic Feminism: The Professionalization of Gender from Charlotte Smith to the Brontës*. Pennsylvania: The Pennsylvania State UP, 1997.

Johnson, Claudia L. *Jane Austen: Women, Politics, and the Novel*. Chicago: Chicago UP, 1988.

Jordanova, Ludmilla. *Nature Displayed: Gender, Science and Medicine 1760-1820*. London and New York: Longman, 1999.

Lucas, Charles. *The Infernal Quixote*. 1801. Ed. M. O. Grenby. Ontario:

第2章

ラドクリフの『イタリアの惨劇』 人権侵害に抗する

Adams, Tracy. "Suzanne's Fall: Innocence and Seduction in "La Religieuse."" *Diderot Studies* 27, 1998. Print.

The Anti-Jacobin Review and Magazine 7. 1801. "Appendix: Contemporary Reviews" in Ann Radcliffe's *The Italian*. Ed. Robert Miles. London, Penguin Books, 1994. Print.

The French Journals of Mrs. Thrale and Doctor Johnson. Ed. Moses Tyson and Henry Guppy. Manchester: Manchester UP, 1932. Print.

Hazlitt, William. *An Essay on the Principles of Human Action: Being an Argument in Favour of the Natural Disinterestedness of the Human Mind. To Which Are Added, Some Remarks on the Systems of Hartley and Helvetius*. 1805. In *The Complete Works of William Hazlitt in Twenty-One Volumes*. Vol. 1. London and Toronto: J. M. Dent and Sons Ltd, 1930. Print.

Hearn, Lafcadio. "The Value of the Supernatural in Fiction." In *Complete Lectures on Art, Literature and Philosophy*. Ed. Ryuji Tanabe, Teizaburo Ochiai and Ichiro Nishizaki. Tokyo: The Hokuseido Press, 1932. Print.

Hogle, Jerrold E. "Introduction" to *The Cambridge Companion to Gothic Fiction*. Cambridge: Cambridge UP, 2010. Print.

Miles, Robert. "The 1790s: the effulgence of Gothic." Ed. Jerrold E. Hoggle. *The Cambridge Companion to Gothic Fiction*. Cambridge: Cambridge UP, 2010.

Paulson, Ronald. "Gothic Fiction and the French Revolution." *ELH* 48.3, 1981. Print.

Radcliffe, Ann. *A Sicilian Romance*. 1790. Ed. Alison Milbank. Oxford: Oxford UP, 2008. Print.

______. *A Journey Made in the Summer of 1794, Through Holland and the Western Frontier of Germany, with a Return Down the Rhine*. London: G. G. and Robinson, Paternoster-Row, 1794. Print.

______. *The Italian*. 1797. Ed. Robert Miles. London: Penguin Books, 1994. Print.

Hogle, Jerrold E. "Introduction" to *The Cambridge Companion to Gothic Fiction*. Cambridge: Cambridge UP, 2010.

Packham, Catherine. *Eighteenth-Century Vitalism: Bodies, Culture, Politics*. London: Palgrave Macmillan, 2012.

Polwhele, Richard. *The Unsex'd Females, A Poem, Addressed to the Author of THE PURSUITS OF LITERATURE*. London: T. Cadell and W. Davies, 1798.

Radcliffe, Ann. *The Mysteries of Udolpho*. Ed. Bonamy Dobrée. Oxford and New York: Oxford UP, 1979.

______. "On the Supernatural in Poetry." *The New Monthly Magazine and Literary Journal*, January 1826.

Robinson, Jeffrey C. *Unfettering Poetry: Fancy in British Romanticism*. Basingstoke: Palgrave Macmillan, 2006.

Robinson, Mary. *A Letter to the Women of England and The Natural Daughter*. Broadview Press, 2003.

Solomonescu, Yasmin. *John Thelwall and the Materialist Imagination*. Basingstoke: Palgrave Macmillan, 2014.

Stabler, Jane. "Ann Radcliffe's poetry: The poetics of refrain and inventory." *Ann Radcliffe, Romanticism and the Gothic*. Ed. Dale Townshend and Angela Wright. Cambridge: Cambridge UP, 2014.

Thelwall, John. *Essay, Towards a Definition of Animal Vitality*. Nicholas Roe, *The Politics of Nature: William Wordsworth and Some Contemporaries*. Basingstoke: Palgrave Macmillan, 2002.

______. *The Peripatetic*. Ed. Judith Thompson. Detroit: Wayne State UP, 2001.

Tomalin, Claire. *Jane Austen: A Life*. Harmondsworth: Penguin Books, 1997.

Wollstonecraft, Mary. *A Vindication of the Rights of Woman. The Works of Mary Wollstonecraft*. Ed. Janet Todd and Marilyn Butler. London: William Pickering, 1989.

______. *Mary: A Fiction. The Works of Mary Wollstonecraft*. Ed. Janet Todd and Marilyn Butler. London: William Pickering, 1989.

引用・参考文献

“ゴシック”という戦術
序論にかえて

Punter, David. *The Literature of Terror: A History of Gothic Fictions from 1765 to the Present Day*. London and New York: Longman, 1980. Print.

Varma, Devendra. *Gothic Flame: Being a History of the Gothic Novel in England: Its Origins, Efflorescence, Disintegration, and Residuary Influences*. Pennsylvania: Scarecrow Press, 1987. Print.

アレクサンダー、マイケル『イギリス近代の中世主義』野谷啓二訳、白水社、2020 年。

ド・セルトー、ミシェル『日常的実践のポイエティーク』山田登世子訳、ちくま学芸文庫、2021 年。

松島正一『イギリス・ロマン主義事典』北星堂書店、1995 年。

ラスキン、ジョン『ゴシックの本質』川端康雄訳、みすず書房、2011 年。

第 1 章
ラドクリフの『ユドルフォの謎』 生気論と空想のエンパワメント

Allard, James Robert. *Romanticism, Medicine, and the Poet's Body*. Aldershot: Ashgate, 2007.

Austen, Jane. *Northanger Abbey*. Ed. Barbara M. Benedict and Deirdre Le Faye. Cambridge: Cambridge UP, 2006.

______. *Jane Austen's Letters*. Fourth Edition. Ed. Deirdre Le Faye, Oxford: Oxford UP, 2011.

Castle, Terry. *The Female Thermometer: Eighteenth-Century Culture and the Invention of the Uncanny*. New York and Oxford: Oxford UP, 1995.

Duff, William. *An Essay on Original Genius; and Its Various Modes of Exertion in Philosophy and the Fine Arts, Particularly in Poetry*. Ed. John L. Mahoney. Gainesville, Florida: Scholar's Facsimiles & Reprints, 1964.

わ

ま

ら

は

た

さ

か

人名・書名索引

あ

小川公代（おがわ・きみよ）
1972年、和歌山県生まれ。上智大学外国語学部教授。ケンブリッジ大学政治社会学部卒業。グラスゴー大学博士課程修了（Ph.D.）。専門は、ロマン主義文学、および医学史。著書に『ケアの倫理とエンパワメント』『ケアする惑星』（ともに講談社）、『世界文学をケアで読み解く』（朝日新聞出版）、『感受性とジェンダー――〈共感〉の文化と近現代ヨーロッパ』（共編、水声社）、『文学とアダプテーション――ヨーロッパの文化的変容』（共編、春風社）、『ジェイン・オースティン研究の今』（共著、彩流社）、訳書にシャーロット・ジョーンズ『エアスイミング』（幻戯書房）、サンダー・L・ギルマン『肥満男子の身体表象』（共訳、法政大学出版局）などがある。

ゴシックと身体《しんたい》 **想像力と解放の英文学**

2024年3月25日　初版第1刷発行

著　者――――小川公代

発行者――――森 信久
発行所――――株式会社　松柏社
〒102-0072　東京都千代田区飯田橋1-6-1
Tel. 03 (3230) 4813
Fax. 03 (3230) 4857

装　丁――――成原亜美（成原デザイン事務所）
Cover illustration by Aubrey Beardsley, *The Peacock Skirt*, 1893

印刷・製本――中央精版印刷株式会社

ISBN978-4-7754-0298-6